Wintermädchen

Holger Niederhausen

Wintermädchen

Das Menschenwesen hat eine tiefe Sehnsucht nach dem Schönen, Wahren und Guten. Diese kann von vielem anderen verschüttet worden sein, aber sie ist da. Und seine andere Sehnsucht ist, auch die eigene Seele zu einer Trägerin dessen zu entwickeln, wonach sich das Menschenwesen so sehnt.

Diese zweifache Sehnsucht wollen meine Bücher berühren, wieder bewusst machen, und dazu beitragen, dass sie stark und lebendig werden kann. Was die Seele empfindet und wirklich erstrebt, das ist ihr Wesen. Der Mensch kann ihr Wesen in etwas unendlich Schönes verwandeln, wenn er beginnt, seiner tiefsten Sehnsucht wahrhaftig zu folgen...

1. Auflage November 2018

© Holger Niederhausen · Alle Rechte vorbehalten
Umschlagabbildung: Shutterstock / TravnikovStudio, verändert.
Herstellung und Verlag:
BoD – Books on Demand, Norderstedt
ISBN 978-3-7481-6648-1

Manch eine [Liebe] hat mein Leben zur Qual gemacht
und mich in eine Verzweiflung gestürzt,
die dem Wahnsinn nahe war.

(George Sand)

Er mochte das kleine Mädchen von Anfang an. Lilian war etwas Besonderes. Das begann schon mit dem Namen. Er hatte sich über die Wahl ihrer Eltern zuerst gewundert, fand sie anfangs befremdlich, später gewöhnte er sich daran – und noch später lernte er den Namen lieben. Lilian – mit langem I, nicht englisch ausgesprochen, zumindest nicht vorne. Sehr viele sprachen ihn falsch aus, entweder so oder so, aber die Eltern sprachen ihn vorne lang und hinten mehr oder weniger englisch – und das war also seit der Geburt ihr Name. Lilie – aber mit englischer Endung.

In den ersten Jahren war Lilian ein Wirbelwind. Immer lachend, immer laufend, so schien es. Kurz nach ihrer Einschulung mit sechs Jahren hatte er ihr einen kleinen Drachen geschenkt. Er hatte ihr gezeigt, wie er in die Luft gebracht werden konnte – und danach hatte sie es verstanden. Sie waren alle zusammen zu einem kleinen Berg in der Nähe gefahren, dort wehte es genug, und dann war die kleine Lilian mit dem Drachen herumgelaufen, dass man es nicht glauben konnte. Vom Nachmittag bis zum Abend, drei Stunden lang. Dann war sie so müde, dass sie in den Armen ihres Papas einschlief, während sie die fünf Minuten zum Auto zurückliefen. Aber bis dahin hatte sie keine Pause gemacht. Ihre Mutter hatte immer wieder besorgt gefragt, aber die Kleine hatte lachend abgelehnt. Nur einmal war sie kurz zum Trinken gekommen.

Später half er ihr bei den Schulaufgaben. Mathematik war nicht ihre Stärke. Also übte er mit ihr das Einmaleins, half ihr, das Bruchrechnen zu verstehen, brachte ihr die Geometrie bei – und fragte sich manchmal, was die Lehrer in der Schule machten. Aber in den anderen Fächern war Lilian immer eine der Besten. Sie malte neben ihre Hausaufgaben zwei

Jahre lang kleine Blumen, manchmal den ganzen Rand voll, und die Lehrer ließen es zu.

In diesen ersten Jahren lernten alle Kinder in der Grundschule Blockflöte. Jedes Jahr sah er sie dann einmal bei einem kleinen Klassenkonzert – und dann auch zu Weihnachten in ihrer Familie, und manchmal spielte sie auch ihm etwas vor. Und obwohl sie so ein Windfang war, war sie beim Flötenspiel auf einmal immer ganz andächtig. Ihm fiel das von Anfang an auf. Sie schien aus der ganzen Klasse herauszustechen – mit einigen wenigen anderen Kindern. Später, als sich alle an das Flötenspiel gewöhnt hatten, fiel es nicht mehr so auf, aber wenn man genauer hinsah, sah man es noch immer.

Dass sie so bewegungsfreudig war, kam ihm sehr zugute. So konnte er mit ihr lange Wanderungen durch Wald und Feld, durch Feld und Flur, über Stock und Stein machen. Dies war sein Element. Er hatte immer Förster werden wollen – doch das Leben hatte ihm einen anderen Beruf aufgezwungen. Das alles war nun schon lange her – und jetzt war er frei, zu tun und zu lassen, was er wollte.
Ursprünglich hatte er gehofft, dass sie auch seine Angelleidenschaft teilen würde. Aber als er sie das erste Mal zu seinem Lieblingssee mitgenommen hatte und sie das erste Mal gesehen hatte, wie er einen Fisch fing und tötete – eigentlich nur mit einem Schlag betäubte, um ihn dann auszunehmen –, war sie so entsetzt, dass man so etwas tat, dass er mit ihr nie wieder angeln ging und ihr zuliebe das Angeln ganz aufgab. Noch Monate später kam sie immer wieder darauf zurück und befragte ihn sorgfältig, ob er wirklich nie wieder einen Fisch getötet habe.

Als sie vier Jahre alt war, hatte sie ein kleines Brüderchen bekommen. Der kleine Martin lag ihm nicht weniger am Herzen. Vielleicht träumte er davon, mit ihm eines Tages möglicherweise angeln gehen zu können, wenn es für Lilian längst kein Problem mehr wäre. Zunächst jedoch war der Junge überhaupt viel zu klein für fast alles – nur nicht für das Herumtollen, wenn er bei ihnen zuhause war.

Es hatte sich so gefügt, dass sie in ihrer Kleinstadt nur zwei Straßen weit auseinander wohnten. Er hatte seiner Tochter die Eigentumswohnung überlassen, nachdem sie hier als Fremdsprachensekretärin für ein örtliches Softwareunternehmen eine Arbeit gefunden hatte, für das sie im internationalen Vertrieb tätig war. Manchmal musste sie auch reisen – aber zum Glück sehr selten. Ihren Mann hatte sie beim Tanzen kennengelernt. Er mochte seinen Schwiegersohn eigentlich recht gern, auch wenn er mit ihm nicht zum Angeln gegangen wäre – dafür war er ihm zu ‚spießig'.
Sein eigener Sohn hielt *ihn* dagegen wahrscheinlich für zu spießig. Nachprüfen konnte er es nicht mehr. Er war vor vielen Jahren nach Südamerika ausgewandert und hatte nie mehr von sich hören lassen. Über verschiedene Wege hatte er immer wieder gehört, dass er noch am Leben war, aber selbst diese Wege hatten sich seit einigen Jahren verlaufen.

An sonstigen gesellschaftlichen Bezügen hatte er vor allem noch seine wöchentliche Skatrunde am Sonntagabend. Das war seine zweite Leidenschaft – oder die einzige, die ihm noch blieb, als das Angeln aufgegeben war. Die Wanderungen in der Natur waren keine Leidenschaft, diese *liebte* er. Sie waren ganz außer Konkurrenz.
So konzentrierte sich sein Leben auf seine kleine übriggebliebene Familie, die Natur und seine Skatfreunde. Seine Frau war schon vor Jahren gestorben – mit fünfundfünfzig war sie bei einem Autounfall ohne eigene Schuld ums Leben gekommen. Er hatte um sie getrauert – und sich auch schuldig gefühlt, weil er sich in den letzten Jahren nicht mehr wirklich um sie gekümmert hatte. Als die Kinder groß waren, hatten

sie sich bereits auseinandergelebt. Trotzdem war sie ihm treu gewesen. Er hätte es verstanden, wenn sie einen anderen Mann gesucht und gefunden hätte – aber das hatte sie nicht. Das ließ ihn noch jahrelang Schuld empfinden. Nun aber war auch dies im Grunde nur noch Erinnerung.

Lilian war fünf Jahre nach ihrem Tod geboren worden. Seltsam, dass er dann für ein so kleines Kind eine seiner beiden einzigen Leidenschaften aufgegeben hatte, während er dies für seine Frau nie getan hatte oder hätte. Sie hasste das Angeln, fand es langweilig, kam nie mit. Lilian hatte es nicht gehasst – sie hatte aber Mitleid mit dem Fisch gehabt...

Der kleine Martin entwickelte sich ziemlich gegenteilig zu seiner Schwester. Er war von Anfang an ruhig, nachdenklich, fast phlegmatisch. Auch er konnte stundenlang Dinge tun – aber dann malte er zum Beispiel. Wo Lilian nur ihre Heftränder vollmalte, malte er ganze Blätter voll – Welten mit Häusern, mit Feuerwehrmännern, mit Räubern, mit Tieren, mit Baumhäusern, mit Flugzeugen, mit Höhlen. Dann lag auch er stundenlang mit dem Kleinen auf dem Bauch und malte mit ihm. Und Lilian, die in der Zeit andere Dinge machte, kam immer wieder vorbei und fragte nach dem, was gerade entstand. Das waren Höhepunkte des Familienlebens.

Die beiden Eltern waren froh, dass es ihn gab, denn sie waren beide berufstätig – und so kam es, dass er schließlich Martin vom Kindergarten abholte, oft sogar bis zum Abendessen blieb und manchmal auch darüber hinaus.

In gewisser Weise bestand die Familie überhaupt aus Gegensätzen. Seine Tochter und ihr Mann passten recht gut zusammen – aber er nicht mit ihnen. Hätte es die Kinder nicht gegeben, hätte es ihn wahrscheinlich überhaupt nicht in jene Wohnung gezogen, die er so lange selbst bewohnt hatte. Obwohl er seine ganze Zeit in der Natur oder am Sonntagabend mit Skatspielen verbrachte, war er politischer als seine Tochter oder sein Schwiegersohn. Vielleicht lag es daran, dass die Achtundsechziger im Grunde noch seine spätere Jugend ausmachten. Damals war *er* eigentlich sehr unpolitisch gewesen, aber etwas musste später davon noch abgefärbt haben, denn in den siebziger Jahren fühlte er sich immer mehr ,links'. Das mochte auch mit seiner Tochter zusammenhängen, die damals eben ein kleines Kind war. Da machte man sich Gedanken über die Umwelt, über Frieden und all das. Aber auch über die Fünfunddreißig-Stunden-Woche und Gerechtigkeit. Er hatte auch Rudi Dutschke im fernen Berlin nie für einen ,Unruhestifter' gehalten, dem es ,recht geschah' – wie viele in seinem Umkreis. Vielleicht hatte seine Politisierung gerade damit begonnen, mit solchen Fragen.

Seine Skatfreunde waren zum großen Teil erzkonservativ, was die politischen Anschauungen anging. Er konnte mit ihnen bis aufs Blut diskutieren und keiner gab jemals nach. Aber nachdem diese Schaukämpfe vorbei waren, spielte man eben doch wieder Skat, denn dafür kam man eigentlich zusammen, nicht, um sich zu streiten.

Susanne und Norbert dagegen interessierten sich wenig für Politik. Am ehesten geriet er noch mit seinem Schwiegersohn in Diskussionen, wenn er einmal seine Meinung zu einem Punkt äußerte, der in den Nachrichten lief – und sein Schwiegersohn dann dagegen hielt, weil er nicht links, sondern gemäßigt konservativ war. Manchmal erhitzte er sich dann in der Diskussion, manchmal gab er es einfach auf. Er fühlte sich in seiner Heimatstadt überhaupt einsam – und fragte sich manchmal, wo die Linken generell geblieben waren, ob sie ausgestorben waren. In der Jugend war er selbst unpolitisch gewesen, jetzt empfand er sich wie ein letzter Überlebender dieser Zeit.

Dagegen hatte seine Tochter ihren Weg in die Kirche gefunden. Er hatte das mit Befremden beobachtet, aber ebenfalls hingenommen. Nach seinem Verständnis war die Ur-Kirche noch politisch gewesen, heute dagegen war sie allenfalls noch ein Garant dafür, dass man nicht allzusehr nach ‚rechts‘ abrutschte, aber mehr auch nicht. Für ihn war nur ein Martin Niemöller ein Begriff – mehr wusste er eigentlich nicht. Auch diese Leute waren eigentlich ausgestorben.

Er hatte, als Lilian klein war, als sie in die Schule kam, angefangen, ihr Geschichten zu erzählen. Die meisten Bücher, die er ihr vorlesen sollte, hatte er früher oder später angewidert weggelegt und selbst zu erzählen begonnen. Das waren dann immer Geschichten von Tieren. Zuerst waren sie sehr naturnah, dann aber hatte er schnell gemerkt, dass das Kind noch ein anderes Element darin haben wollte, etwas, was seine Phantasie mehr erfüllte, und so hatten auch seine Tiere nach und nach immer mehr Gedanken bekommen, Wünsche, Pläne, gute Absichten und so weiter. Irgendwann waren es selbst fast halbe Märchen geworden – aber das Mädchen war glücklich gewesen, hatte an seinen Lippen gehangen, und es hatte ihm keine Mühe gemacht, sich all diese Geschichten auszudenken. Sie kamen alle wie von selbst.

Dann aber, als Lilian elf geworden war, hatte sie gemerkt, dass er nicht an Gott glaubte, und da war dies ihr wichtig geworden. Noch immer hörte sie gerne seine Geschichten, die mit ihr mitgewachsen waren, nun auch alles Mögliche andere enthielten als nur Tiere – und er hatte überhaupt nicht gewusst, dass er so viele Geschichten in sich finden konnte, aber es war so. Aber nun belagerte sie ihn immer wieder mit Gott. ‚Du musst *auch* an Gott glauben, Opa!‘, bat das Mädchen ein ums andere Mal. Er argumentierte dann politisch und fragte, wie es einen Gott geben könne, wenn es so viele arme und hungernde Menschen gebe. Aber das ließ sie nicht gelten – sie sagte dann völlig überzeugt: ‚Es gibt ihn trotzdem! Und du musst auch an ihn glauben, Opa.‘

Er sagte dann immer nichts, und sie ließ es dann auch auf sich beruhen – bis zum nächsten Mal. Als sie zwölf Jahre alt war, hörte sie auf, ihn dazu bringen zu wollen. Er erlebte es als einen wirklichen Einschnitt. Er hatte noch wochenlang auf ihren nächsten Versuch gewartet, aber er kam nicht mehr... Damals erinnerte er sich wieder an ihre Erstkommunion. Er war mit in der Kirche gewesen, obwohl er all dies ablehnte. Doch sie hatte ein wunderschönes weißes Kleid angehabt und gestrahlt wie ein Engel. Natürlich hätte er in ihrer Gegenwart nie etwas gesagt. Dennoch empfand er das ganze Geschehen wie eine Qual, fast sogar wie eine Sünde an so einem kleinen Mädchen, das noch nichts selbst beurteilen konnte. Wenn es nach ihm gegangen wäre, wäre er am liebsten wieder hinausgelaufen. Er tat es nur um ihretwillen. Und sie wäre die Einzige gewesen, die ihn hätte bekehren können – durch ihren freudigen und zugleich stillen Eifer... Wie sie da mit ihrer Kerze den Gang entlangging – da hatte sein Herz für einen Moment geschwiegen...

Der kleine Martin nahm es mit der Religion viel weniger genau. So phlegmatisch er sonst war, so wenig interessierte ihn dies tiefer. Vielleicht lag es sogar gerade daran. Er konnte zwar stundenlang zeichnen und malen, aber dies berührte sein Herz nicht tiefer. So zeigte sich auch hier eine Art Gegensatz. Er hatte am Anfang gemeint, dass sich dies bei Lilian ja sicher auch ‚verlaufen' oder ‚auswachsen' würde – aber das tat es nicht. Bei Martin dagegen verfing es gar nicht erst. Und dies war für ihn zuerst eine Art Triumph. Bei dem Jungen machte er sich Hoffnungen, dass er ihn später einmal zu einem ordentlich linksorientierten jungen Mann würde machen können – zu mehr reichten seine Hoffnungen angesichts seiner Eltern und seines eigenen phlegmatischen Temperaments gar nicht aus. Immer wieder versuchte er, die Eltern zu kritisieren, wenn sie dem Jungen wieder einmal die Religion schmackhafter machen wollten, als er sie nahm.

Einmal kam es dann aber endlich zum Streit darüber, und die beiden Eltern stellten sich geschlossen gegen ihn und vertraten den Standpunkt, er habe sich nicht in ihre Erziehung einzumischen. Das musste er dann wohl oder übel schlucken, wollte er die Situation nicht völlig unmöglich machen oder sogar herausgeworfen werden. Zugleich war dies eben genau die Zeit, wo Lilian merkte, dass es nicht um die Frage ging, dass er dagegen war, Martin etwas aufzudrängen, was dieser nicht wollte, sondern wirklich um die Frage, ob es Gott *gab* oder nicht. Und dann musste er auch um ihretwillen schweigen, denn sie wollte er damit nicht verletzen, weil er spürte, wie ernst es ihr damit war...

An einem seiner vielen Nachmittage, die er allein mit den beiden zubrachte, hatte er auch versucht, Lilian die Grundregeln des Skatspiels beizubringen. Mit viel Mühe hatte er es mit dem Reizen geschafft – aber dann hatte er aufgeben und einsehen müssen, dass dieses Spiel noch nichts für zehnjährige Mädchen war...

Zu den fröhlichen Höhepunkten mit beiden gehörten auch die sommerlichen Badetage. Sobald der kleine Martin mit sechs Jahren schwimmen konnte, stand diesen Erlebnissen nichts mehr im Wege. Oft kam die ganze Familie mit. Er war immer froh, wenn es dann auch wirklich an einen der Seen ging und nicht in das überfüllte, laute Freibad. Aber es stellte sich recht bald heraus, dass Lilian die einzige Wasserratte in der Familie war – und Martin allenfalls zu einer zweiten wurde, wenn das Wasser im Freibad nicht ganz so kalt war.

Lilian konnte im Wasser bleiben, bis ihre Lippen dunkelblau angelaufen waren. Sie übertraf in dieser Richtung sogar noch ihn – der sich nach Kräften bemühte, ihr im Wasser Gesellschaft zu leisten, Fangeball zu spielen, sie hoch in die Luft zu werfen oder sie anzuschubsen, nachdem er ein Schwingseil an einem hohen Ast eines Baumes befestigt hatte. Lilian liebte das Wasser, und oft fuhren sie einfach auch ganz allein zum See.

Als der Junge neun war, schenkte er ihm zu Weihnachten eine Dampfmaschine zum Selbstbauen. Seine Tochter sagte ihm, dafür sei er noch viel zu klein. Er fragte sich, wie der Junge größer werden solle, wenn er keine Herausforderungen bekäme. Und weil sein Grundsatz immer war ‚einfach *machen*' und weil der phlegmatische Junge nicht einmal anfing, es zu versuchen, setzte er sich mit ihm gemeinsam hin – und baute für ihn die ganze Dampfmaschine zusammen, während der Junge zuschaute, das aber immerhin sehr gebannt und ausdauernd. Als sie dann schließlich dampfte und lief und alles sich bewegte, war der Junge sehr begeistert. Dafür kam Lilian, die auch sehr lange mit zugeschaut hatte, als sie allmählich immer mehr Gestalt annahm, dann aber irgendwann ihre eigenen Sachen gemacht hatte, wieder an, schaute missbilligend auf die laute, schnell arbeitende, immer wieder die gleichen Bewegungen vollziehende Maschine und sagte nur: ‚Die macht ja immer wieder dasselbe! Und sie ist mir viel zu laut!' Damit war ihr Urteil gesprochen. Das hinderte den Jungen nicht, sie noch immer toll zu finden. Aber sein Temperament oder vielleicht auch die Tatsache, dass sie jetzt eben ‚fertig' war, führte dazu, dass sie nach zwei Wochen schließlich doch nur noch unberührt in einer Ecke stand.

Lilian, der ehemalige Windfang, hatte sich längst zu einem vielseitig interessierten Mädchen entwickelt. Sie konnte sich für unzählige Dinge begeistern, ohne je oberflächlich zu sein. Und während sie im Wald oder in den Feldern spazieren gingen, erzählte Lilian endlos – was sie gerade in der Schule machten, was sie mit ihren Freundinnen gemacht hatte, was sie über dies und jenes dachte. Und sie fragte auch ihn fortwährend, was er über dies und jenes dachte. So wurden ihre Wanderungen nie langweilig – sondern waren stets getragen von ihrem unerschöpflichen Enthusiasmus, der sich nicht so sehr einfach nur auf alles Mögliche bezog als vielmehr auf das Leben selbst.

Und so konnte sie von einem Moment auf den anderen auch mucksmäuschenstill sein, wenn er ihr einen leisen Hinweis gab und sie sich im nächsten Moment hinhockten, um ein Tier zu beobachten oder aber eines aus nächster Nähe zu betrachten – sei es ein Specht an einem alten Baum oder ein Käferlein auf einem Blättchen. In solchen Momenten merkte man am stärksten, dass sie nicht oberflächlich war – aber man merkte es eigentlich immer.

Manchmal kam ihm ihre Anhänglichkeit fast unheimlich vor. Denn auch hier hatten sich die Geschwister auseinanderentwickelt. So oft er *beide* dazu überreden wollte, zu einer Wanderung, einem Ausflug, einer Unternehmung mitzukommen, so oft brauchte es bei ihr nicht die geringste Überredung, während Martin eine zunehmende Unlust gegen alles entwickelte, was mit Bewegung und Laufen zu tun hatte – und das hatte nun einmal fast jede Unternehmung. Am Anfang konnte zumindest noch Lilian selbst, die auch eine unglaublich vorbildliche, fürsorgliche Schwester war, ihren Bruder oftmals überreden mitzukommen – und wenn er dies tat, gefiel es ihm auch meistens sogar. Dennoch wurden selbst ihre Erfolge seltener. Stattdessen begann der Junge, das Lesen für sich zu entdecken. Eine Zeitlang versuchte Lilian noch, ihn davon zu überzeugen, dass er seine Bücher ja mitnehmen könne, weil es auch unterwegs ganz sicher genügend Zeit für Lesepausen gebe – aber das hatte fast keinen Erfolg.

So kam es, dass er und Lilian auf diesen Wanderungen fast immer nur noch allein waren, als sie dreizehn geworden war. Dieses Alter brachte dann wieder eine Art Umschwung. Zuerst dachte er, es hing damit zusammen, dass sie nun mehr allein waren, und vielleicht war es das *auch*. Aber er musste einsehen, dass es auch mit dem Alter selbst zu tun hatte. Lilian wurde tiefsinniger. Sie stellte tiefere Fragen, sie machte sich tiefere Gedanken. Aus einem Windfang wurde ein nachdenkliches Mädchen. Das bedeutete nicht, dass ihre Begeisterung abnahm – aber sie begann, sich in immer stärkerer Weise zu verinnerlichen.

So konnte es passieren, dass sie zum Beispiel wieder über Gott sprach – und dass dieses ganze Thema, das eine ganze Weile geruht hatte, auf völlig neue Weise wieder aufbrach und auch an ihn herantrat, weil sie neue Fragen stellte, auch ihm, auch in Bezug auf ihn selbst. Das stellte ihn vor neue Herausforderungen, denn nun fühlte er sich zum ersten Mal wirklich und buchstäblich gefragt, herausgefordert, geprüft – nicht im Sinne eines möglichen ‚Durchfallens', aber schon auch. Ihre Gespräche erreichten eine Ebene, die sie vorher nicht gehabt hatten.

Eines Tages fragte sie ihn:
„Opa – glaubst du eigentlich, dass Menschen eine *Seele* haben?"
„Wie kommst du darauf?", fragte er sie.
„Na ja, weil du doch nicht an Gott glaubst..."
„Na ja, ich denke – natürlich hat jeder Mensch eine Seele. Sonst hätten die Psychologen ja nichts zu tun."
„Nein, *das* meine ich nicht. Ich meine eine *richtige* Seele."
„Eine richtige Seele?"
„Ja."
„Und was verstehst du darunter?"
„So, wie sie von Gott geschaffen ist. Eine richtige Seele eben."
„Hmm... Wenn ich nicht an Gott glaube, kann ich doch nicht an eine solche von ihm geschaffene Seele glauben."
„Aber *warum* denn nicht?", fragte sie nun leidenschaftlich.

Er verstand, dass ihre Frage wieder beinhaltete, warum er nicht an Gott und damit auch nicht an seine Seele glaubte. Er versuchte, es ihr noch einmal zu erklären.

„Guck mal, Lilian, das kann man nun einmal nicht beweisen, und –"

„Aber wieso sollte man es nicht beweisen können!", unterbrach sie ihn mit ihrer Leidenschaft. „Es ist doch ganz klar. Es kann doch nur eine wirkliche Seele geben."

„Und warum?"

„Was ist denn, wenn man tot ist?"

„Dann ist man tot."

„Ja, und wo *ist* man dann?"

„Ach, Lilian..."

„Ja, aber das ist doch *wichtig*!"

„Ja, aber ich finde nicht, dass man einfach sagen kann, dass es Gott gibt, also gibt es auch die Seele, also gibt es auch den Himmel – –"

„Und warum nicht?"

„Weil mir das zu *einfach* ist."

„Warum sollte es denn schwer sein? Was *meinst* du denn?"

Er seufzte. Sie war noch zu klein, es zu verstehen. Nicht zu klein, aber zu jung.

„Wenn du ein bisschen älter bist, dann verstehst du mich."

„Was verstehe ich dann?"

„Warum ich nicht an Gott glauben kann."

„Kannst du nicht, oder willst du nicht?"

„Ich will nicht. Ich kann es nicht, weil ich nicht will. Aber ich kann es auch nicht. Ich will es nicht, weil ich es nicht kann."

„Das verstehe ich nicht. Was denn jetzt?"

„Ich habe einfach keinen einzigen *Grund*, warum ich an Gott glauben sollte!"

„Aber ist es denn *kein* Grund, wenn man dann, wenn man gestorben ist, in den Himmel kommt?"

„Nein, das ist kein Grund – wenn man nur etwas glaubt, weil das Geglaubte schöner ist als das, was man nicht glaubt."
Sie dachte eine Weile darüber nach.
„Aber wenn das andere gar nicht *sein* kann?"
„Was kann nicht sein?"
„Dass man nach dem Tod *nicht* in den Himmel kommt."
„Wieso kann das nicht sein?"
„Wie soll das denn gehen?"
„Man stirbt einfach – und das war es."
„Das kann nicht sein."
„Doch, natürlich, warum denn nicht?"
„Das glaubst du?"
„Es ist so, Lilian."

Da blieb sie auf einmal stehen – und er sah zunächst nur, dass sie nach links in den Wald hineinblickte. Als sie ihn wieder ansah, sah er, dass ihre Augen tränennass waren. Bestürzt fragte er sich, was er gerade angerichtet hatte – doch da stieß sie schon in tiefstem Mitleid hervor: ‚Armer Opa...!' Und über *diese* Worte war er so bestürzt, dass er nicht das Geringste erwidern konnte. Dieses Mädchen hatte Mitleid mit ihm, weil er nicht an Gott und nicht an ein Leben nach dem Tod glaubte!
Ratlos ging er mit ihr weiter, ohne Worte. Aber sie beschäftigte es sehr tief. Sie sagte nach einer Weile aus tiefstem Herzen:
„Es ist so *schrecklich*, Opa! Sich das auch nur vorzustellen!"
„Aber was denn, Lilian?"
„Dass es dann nichts mehr gibt!", brach es aus ihr heraus.
„Dass es *einen* dann nicht mehr gibt! Das *kann* man sich nicht vorstellen! Es geht nicht! Es ist furchtbar! Absolut furchtbar! Das kann nie, nie, nie sein!"
„Lilian – nicht alles, was furchtbar –"
„Nein!", unterbrach sie ihn mit schreckgeweiteten Augen.
„Das *kann* nicht sein! Wie kannst du so etwas glauben? Wie

geht das? Ich verstehe es nicht. Das ist das *Schlimmste*, was ich mir je vorgestellt habe. Es ist *so* schlimm, dass es unmöglich ist. Es *muss* unmöglich sein!"

So leid ihm das Mädchen tat, konnte er doch nicht von seinen Überzeugungen ablassen. „Lilian – so schrecklich ist es auch nicht", versuchte er, sie zu beruhigen.

„Nicht schrecklich?", sahen ihn diese fassungslosen Augen wieder an. „Es ist unvorstellbar schrecklich! Es ist *mehr* als schrecklich. Es gibt dafür kein Wort. O Gott, ist es schrecklich! Wenn man *nicht mehr da wäre*! Opa, weißt du überhaupt, was du redest? *Wenn man nicht mehr da wäre, Opa!* Nie mehr! Nie, nie mehr! Nein – –"

Sie sah ihn mit so schreckgeweiteten Augen und entsetztem Kopfschütteln an, dass er völlig hilflos schweigen musste – und sie in die Arme nehmen. Und sie erwiderte seine Umarmung leidenschaftlich, wie um bei ihm Schutz zu suchen, zugleich aber auch, ihn nie wieder zu dieser furchtbaren Überzeugung zurückzulassen...

An diesem Nachmittag hatte er begreifen müssen, dass man ein Mädchen nicht einfach durch Argumente überzeugen konnte, dass es die Seele nicht gab.

Sie redeten in den darauffolgenden Tagen noch ein bisschen um das Thema herum – aber schließlich ließen sie es von neuem ruhen; er, um sie in keiner Weise zu verletzen, und sie, weil sie schaudernd erkannte, dass sie noch keine Möglichkeit hatte, ihn zu überzeugen. Das tat ihrer Anhänglichkeit aber keinen Abbruch, im Gegenteil. Sie schien zu meinen, ihn noch fürsorglicher begleiten zu müssen...

Ein paar Tage später stellte sie ihm auf einer ihrer Wanderungen die folgende Frage:
„Opa, was denkst du – ist es richtig, von seinen Eltern Geld zu nehmen, ohne dass sie es wissen?"
„Nein, natürlich nicht, wieso fragst du das?"
„Weil eine Freundin von mir Geld genommen hat."
„Aber wofür?"
„Hängst es davon ab, ob es richtig ist oder nicht?"
„Nun – vielleicht hat sie einen Grund, weswegen sie es nehmen *musste*."
„Das heißt, es *könnte* richtig sein?"
„Warum konnte sie mit ihren Eltern darüber denn nicht reden?"
„Sag mir erst, was du denkst, Opa. Könnte es richtig sein?"
„Es kann immer alles, Lilian. Das weißt du doch. Natürlich könnte es richtig sein. Aber man müsste wissen, warum."
„Und wenn sie es einem selbst nicht sagen wollte?"
„Tja – warum denn nicht? Warum wollte sie es selbst dir nicht sagen, wo du doch ihre Freundin bist?"
„Ich weiß nicht, vielleicht hat sie sich nicht getraut."
„Will sie es dir gar nicht sagen?"
„Doch, vielleicht morgen..."
„Ich verstehe."
„Aber es *könnte* also richtig sein, ja, Opa?"
„Ja, natürlich konnte es das, Lilian. Machst du dir Sorgen darüber?"

„Ich will einfach, dass sie nichts Falsches macht. Und ich will auch, dass ich nicht schlecht über sie denken muss...“

Ihre Worte rührten ihn – und besorgten ihn zugleich.
„Lilian... Weißt du, Menschen können auch einmal etwas Falsches machen, ohne dass es gleich schlimm ist. Ich meine, ohne dass man gleich – dass man sie gleich weniger mag. Oder schlecht über sie denkt. Ich meine, *jeder* Mensch macht mal Fehler. Und vielleicht denkt man nur selbst, es wäre schlecht, und vielleicht ist es trotzdem noch immer gar nicht so schlimm.“
„Aber es ist doch alles entweder schlecht oder gut...“
„Nein – es gibt auch das Dazwischen, Lilian. Es gibt so *viel* Dazwischen. Nichts ist entweder nur schlecht oder gut. Das meiste hat sogar immer zwei Seiten. Mindestens. Und man muss auch nicht gleich schlecht über jemanden denken, bloß weil er einmal das Schlechte tut. Verstehst du?“
„Ja, schon, aber...“
„Aber was?“
„Ich möchte halt *trotzdem* nicht schlecht über sie denken müssen. Ich meine, ich möchte nicht – also ... sie soll gar nicht erst etwas Schlechtes tun...“

„Aber Lilian, das sind doch auch *Erfahrungen*. Man *muss* auch einmal das Schlechte tun, um es überhaupt zu wissen. Um es nächstes Mal vielleicht besser zu machen.“
„Nein, man kann es immer gleich wissen. Man soll das Schlechte nicht tun. Man soll gleich wissen, dass es schlecht ist – und es nicht tun.“
Er bekam einen Hass auf die Kirche und auf die religiöse Erziehung seiner Tochter.
„Nein“, erwiderte er entschieden. „Lilian, nein. Man soll vom Menschen nicht zu *viel* fordern. Man soll ihm auch Luft zum Atmen und Leben lassen. Man soll *verzeihen* können, wenn jemand etwas Schlechtes tut – das ist die Wahrheit. Verzei-

hen können. Ist es nicht so? Sagt das Jesus nicht? Oder tut er das nicht? Verzeihen muss man können..."
Er war zufrieden mit seiner Antwort. Und das Mädchen begann, tiefgehend nachzudenken.
Nach einer ganzen Weile sagte es leise:
„Ja, verzeihen muss man *auch* können..."

Bevor sie wieder nach Hause gingen, sagte sie zu ihm mit aufrichtigem Ernst:
„Opa?"
„Ja?"
„Du ... hast zwar nicht immer *Recht*. Aber du sagst so viel Schönes! Und ich kann mit niemandem so schön über alles sprechen wie mit dir. Es gibt wirklich niemanden sonst..."
Er breitete seine Arme aus, weil er so gerührt war und weil er sich für diese Worte so sehr bedanken wollte – und sie erwiderte die Umarmung mit der gleichen Dankbarkeit...

*

Ein anderes Mal fragte sie ihn:
„Opa – warum streitet ihr eigentlich manchmal, ich meine Mama und Papa und du? Was ist das immer?"
Er lächelte über diese unschuldigen Fragen.
„Wir streiten doch gar nicht wirklich. Das sind einfach nur unterschiedliche Ansichten."
„Und warum muss man darüber streiten – selbst wenn es kein Streiten ist, wie du sagst?"
„Weil es schon nicht unwichtig ist. Ich meine, neulich haben wir zum Beispiel über das Autofahren ‚gestritten', nicht wahr? Ich war der Meinung, dass man nicht überallhin mit dem Auto fahren muss. Man kann auch das Fahrrad nehmen, den Bus oder zu Fuß laufen. Deine Mutter meinte, sie hätten schon genug um die Ohren und ich solle sie nicht wieder belehren."

„Und warum hast du dann trotzdem weitergemacht?"
„Weil ich die Antwort unmöglich fand. Was heißt denn ‚genug um die Ohren'? Wenn ich nicht da wäre, hätte sie noch viel mehr um die Ohren!"
„Ja, aber du bist doch da..."
„Ja – aber dann kann sie auch mal Rücksicht auf die Umwelt nehmen!"
„Ich verstehe... Aber muss man denn deswegen streiten?"
„Wenn einem die Umwelt wichtig ist, schon."
„Aber Mama ist dir doch auch wichtig."
„Ja – aber wenn ich ihr wichtig wäre, könnte sie doch auch mal meine Argumente verstehen."
„Aber vielleicht *hat* sie ja viel um die Ohren."
„Ja, aber die Umwelt ist ihr offenbar nicht sehr wichtig."
„Was macht denn das Autofahren?"
„Es macht Abgase. Und es erhitzt allmählich die Atmosphäre, so dass die Erde immer wärmer wird. Dann gibt es Wirbelstürme, das Eis an den Polen schmilzt, die Eisbären werden aussterben und –"

„Ja", sagte Lilian leidvoll. „Das ist furchtbar! Wirklich! Aber kommt das durch das Autofahren?"
„Es kommt immer durch alles. Durch jeden Energieverbrauch. Und jeder unnötige Energieverbrauch ist doppelt sinnlos!"
„Aber wenn es nur ein Winziges ist..."
„Ja, aber da fängt es doch an. Dass man da nicht mehr darauf achtet! Und dann auch beim nächsten nicht – und schließlich überhaupt nicht mehr."
„Aber Mama hat neulich eine neue Waschmaschine gekauft, und die musste extra besonders ‚Öko' sein."
„Wirklich?"
„Ja."
„Darauf hat sie geachtet?"
„Ja."
„Aber dann verstehe ich es mit dem Auto noch weniger."

„Vielleicht dachte sie, wenn sie da spart, bei der Waschmaschine, kann sie doch mal Auto fahren, weil sie eben doch viel um die Ohren hat."
„Ach, Lilian, warum verteidigst du sie denn immer so?"
„Ich verteidige sie doch gar nicht immer. Nur jetzt – damit ihr nicht mehr so viel streitet..."

*

Zwei Wochen später starb die Großmutter ihrer besten Freundin.
„Opa!", klagte sie tief betroffen, „Luises Oma ist gestorben!"
Sie hatte ihm wenige Male von ihrer Krankheit erzählt. Für ihn war der Tod etwas Normales. Er konnte ihr nur zuhören...
„Luise ist unglaublich traurig. Und am Wochenende ist die Beerdigung. Ich möchte gerne hingehen. Aber Mama und Papa wollen nicht – sie sagen, sie kennen die Familie nicht weiter. Mama fühlt sich auch etwas angeschlagen und hofft, dass sie nicht krank wird. Sie haben gefragt, ob du nicht mitkommen könntest. *Kannst* du, Opa?"
Er hätte gerne gefragt, ob das ein Trick ihrer Eltern war – aber das hätte Lilian nicht verstanden. Also seufzte er innerlich, aber im Grunde war es ihm egal. Er würde es eben mitmachen. Für sie tat er es gern.
„Ja, natürlich, Lilian."
Wieder umarmte sie ihn.
„Danke, Opa!"
Er tätschelte ihr Haar.
„Schon gut..."

Sie wusste nicht, was sie anziehen sollte. Sie wollte Schwarz tragen, aber sie hatte nichts Schwarzes – und es sollte ein Kleid sein. Sie nahm die Sache sehr ernst. Und so ging er mit ihr stundenlang durch die Kaufhäuser, um schließlich nach vielen Mühen, die ihn mehr Kraft kosteten als eine tagelange

Wanderung, ein Kleid zu finden, das ihr gefiel und das in seinem Schnitt und seiner Schlichtheit wirklich wunderschön aussah.

Als sie schließlich wieder auf die Straße traten, fragte sie leise und ungläubig:

„Kannst du so was denn einfach so bezahlen, Opa?"

„Aber ja, Lilian..."

Es war nicht außergewöhnlich teuer gewesen, und er hatte bis auf seine recht bescheidene Miete keinerlei Kosten. Er konnte jeden Monat ein kleines Sümmchen beiseite legen. Andererseits hatte er weder seine Tochter – die zusammen mit seinem Schwiegersohn inzwischen ein doppeltes Einkommen hatte – noch seine Enkel je verwöhnen wollen. Er fand die Bescheidenheit, in der Lilian aufwuchs, gerade richtig.

„Ich weiß nicht, was ich sagen soll...", sagte sie beschämt.

Er strich ihr einmal durch das Haar.

„Es ist alles in Ordnung, Lilian. Du bist schon ein großartiges Mädchen. Wie du dich um deine Freundin kümmerst..."

Sie verstummte traurig und lief leise neben ihm her, in der einen Hand die große Tüte des Kleidergeschäfts.

Als sie sich schließlich vor ihrer Haustür von ihm verabschiedete, umarmte sie ihn noch einmal.

„Danke, Opa! Vielen Dank nochmal..."

„Ist schon gut...", sagte er verlegen und war froh, als sie ihn wieder losließ. So viel Dank für nichts ... damit kam er nicht zurecht.

*

Am Sonntag holte er sie früh genug von zu Hause ab. Sie war mit ihrer Mutter noch im Bad beschäftigt, die Tür stand offen. Er sah, dass seine Tochter versuchte, Lilian einen Zopf über der Stirn zu flechten. Als sie ihn sah, sagte sie recht verzweifelt:

„Ich krieg's einfach nicht hin! Lilian hat sich so was ge-
wünscht, aber wie soll ich das auf die Schnelle schaffen!?"
Lilian war selbst auch ziemlich verzweifelt über ihren unbot-
mäßigen Wunsch und die Verzweiflung ihrer Mutter. Sie
nahm sich ja stets alles sofort zu Herzen...
Er fand, dass die Frisur wunderschön gelungen war.
„Es sieht doch toll aus!"
„Quatsch", erwiderte Susanne. „Siehst du nicht, wie unor-
dentlich alles ist? Und überall hängen Strähnen raus!"
„Ich finde es nicht unordentlich – und selbst wenn. Und die
Strähnen sehen gerade gut aus!"
„So kann sie unmöglich gehen!"
„Überlass es doch ihr, ob sie es schön findet. Ich *finde* es
schön!"
„So was kannst auch nur du finden! Sie kann so unmöglich
gehen."
„Überlass es *ihr*", wiederholte er mit mehr Nachdruck.
„Lilian, dein Großvater macht mich noch verrückt! Du kannst
so nicht gehen! Am besten, wir lassen es einfach – alles wie-
der aufmachen..."

„Nein!", rief sie und hielt ihren Zopf fest, damit nichts damit
getan werden würde.
Die Mutter ließ seufzend und genervt ihre Arme hängen.
Lilian betrachtete sich sorgenvoll im Spiegel, dann wandte sie
sich zu ihm um.
„Es sieht doch *wirklich* schlimm aus, oder, Opa?"
„Nein, sieht es nicht!", sagte er entschieden.
Vollkommen ratlos blickte ihn das Mädchen an, schaute dann
unschlüssig zu ihrer Mutter. Diese funkelte ihn böse an – was
das Mädchen endgültig verunsicherte.
„Nein, Susanne", wiederholte er noch einmal. „Du hast keine
Ahnung. Es zählt nicht, dass etwas perfekt ist, sondern es
zählt der gute Wille. Und manchmal sieht das ganz und gar

nicht Perfekte viel besser aus. *Viel*, viel besser. Ich kann nur sagen, es sieht großartig aus!"

„Großartig!", ahmte seine Tochter ihn spöttisch nach. „Na, toll! Aber", sie winkte ab, „macht, was ihr wollt. Ich war's nicht..."

In einem unbeobachteten Moment zwinkerte er dem Mädchen aufmunternd, ja triumphierend zu. Dann wollte er so schnell wie möglich das Feld mit ihr verlassen.

„Na, komm schon, Lilian. Du hast doch gehört, deine Mutter ist einverstanden."

„Aber –", sagte das Mädchen trotzdem noch.

„Nein", beendete er ihren Zweifel. „Glaub mir, Lilian. Glaub deinem alten Großvater... Es ist wunderschön. Und es ist etwas Besonderes, genau wie du dir gewünscht hast. Komm schon..."

Er machte eine einladende Geste, und nun folgte sie ihm endlich hinaus in den Flur. Mit einem Blick auf seine Tochter versuchte er, auch hier wieder alles ins Reine zu bringen. Es gelang ihm nur halb – immerhin aber schien sie froh zu sein, dass die Sache nun ein Ende hatte.

Als sie sich auf den Weg zum Bus machten, gingen sie eine Weile schweigend nebeneinanderher. Es war mittlerweile Ende September. Sie trug über dem Kleid eine dunkle Jacke. Er trug über seinem Anzug einen leichten langen Mantel, den er noch irgendwo gefunden hatte. Am liebsten hätte er sich überhaupt nicht besonders umgezogen. Er hasste dieses konventionelle Gehabe, das im Grunde nichts aussagte. Aber das konnte er ihr und auch der Familie ihrer Freundin natürlich nicht antun.

Noch bevor sie die Haltestelle erreichten, sagte Lilian leise: „Ich will ja nicht, dass es wegen *mir* besonders ist – ich will es ja für *sie*..."

Es dauerte eine kurze Zeit, bis er den Zusammenhang begriff. Dann erwiderte er beruhigend:

„Ja, natürlich, Lilian. Das habe ich doch verstanden..."
„Wirklich?"
„Ja!"
Er war gerührt, was für Gedanken sie sich immer machte. Er konnte es fast nicht fassen...

Im Bus, wo sie relativ allein für sich saßen, fing sie dann wieder an, in etwas gedämpftem Ton zu sprechen.
„Luise hat ihre Oma sehr, sehr gemocht." Er hörte, dass sie darüber sehr bekümmert war. „Ich habe sie auch einmal kennengelernt. Da war sie noch nicht krank. Ich hab sie auch sehr gemocht. Sie war sehr lieb. Fast so lieb wie du..."
So ein Lob machte ihn immer sehr verlegen. Er fragte sich, ob man jemanden nach einer einmaligen Begegnung bereits ,sehr mögen' konnte. Lilian konnte so etwas...
„Arme Luise..."
Sie war mit ihren Gedanken fortwährend bei ihrer besten Freundin. Er kannte wirklich niemanden, der so tiefe und so aufrichtige Gefühle hatte. Er streichelte kurz ihre Hand, um sie zu trösten.
Kurz bevor sie aussteigen mussten, fragte sie dann noch:
„Opa?"
„Ja?"
„Macht es dir nicht so viel aus, dass du mitkommen musst?"
Mit leiser Fassungslosigkeit wurde ihm klar, dass sie sich darum sorgte, ob es für ihn eine Last sein könnte.
„Aber nein, Lilian! Absolut nicht. Ich tue es unglaublich gerne."
„Ja...?", fragte sie sehr verletzlich, mit leiser Hoffnung.
„Ja..."
Wieder streichelte er ihre Hand.
„Glaub mir..."
Sie lächelte leise – das erste Mal an diesem Morgen.

Auf dem Friedhof waren bereits viele Menschen versammelt, die in verschiedenen Grüppchen zusammenstanden und sich teilweise auch unterhielten. Sie standen etwas abseits und wagten sich nicht weiter vor – aber die Mutter des anderen Mädchens erkannte sie und kam auf sie zu.

„Hallo, Lilian – schön, dass du gekommen bist!"
„Guten Tag, Frau Schneider. Es ... tut mir so leid..."
„Ja... Aber jetzt muss sie nicht mehr leiden... Willst du Luise begrüßen?"

Tief berührt verfolgte er, wie die beiden Mädchen sich ohne alle Worte schüchtern und innig begrüßten – gefangen von der so fremden, befangenen Stimmung und doch so aufrichtig, vereint in gemeinsamer Traurigkeit...
Eine Art Ehrfurcht ließ Lilian dann wieder zu ihm zurückkehren. Ihre Freundin gehörte an diesem Morgen ganz in den Kreis ihrer Familie.

Schließlich begann die Trauerfeier, und sie gingen alle langsam in die Friedhofskapelle, die sich bis auf die letzten Plätze füllte. Eine leise, getragene, traurige Musik setzte ein. Dann begannen verschiedene Ansprachen – und dazwischen folgte wiederum andere Musik. Ihm war das alles fremd, und er konnte diesem Salbungsvollen nichts abgewinnen. Um so erschütterter war er, als er von Zeit zu Zeit Lilian neben sich leise und unterdrückt schluchzen hörte, während einer Rede oder auch mitten in der Musik... *Dies* rührte ihn unendlich...

Dann war die Trauerfeier zu Ende, und die ganze Trauergemeinde setzte sich sehr langsamen Schrittes hinter der Familie und den Sargträgern in Bewegung, um ihnen zum Grab zu folgen. Sie waren noch nicht weit gegangen, da fühlte er auf einmal Lilians Hand in der seinen. Fast hätte er sie erschrocken zurückgezogen, so völlig wurde er davon überrascht – und schämte sich gleich darauf. Er wusste nicht, ob man dies auf einem Begräbnisgang tun konnte – aber offenbar war es ihr ein tiefes Bedürfnis. Sie hatte dies noch nie zuvor getan. Jetzt brauchte sie offenbar auch diese menschliche Nähe...

Und er stellte fest, dass er, der alle Konventionen verachtete, sich mehr Gedanken darüber machte als sie, die nur ihrer unschuldigen Herzensregung folgte...

Als sie vor dem Grab zum Stehen gekommen waren, ließ sie ihn wieder los. Es folgte auch hier eine kleine Ansprache, dann wurde der Sarg in das Grab gelassen. Wieder hörte er ihr unterdrücktes Schluchzen. Er legte ihr seine Hand auf den Rücken, was es nicht besser machte, dennoch wusste er, dass es gut war... Dann folgte der letzte Teil der Ansprache – und am Ende das Vaterunser. Sie sprach es voller Aufrichtigkeit mit. Für ihn war sie überhaupt das Aufrichtigste von allem hier...

Als schließlich jeder eine Handvoll Erde auf den Sarg werfen musste, sah er, wie sie auch dies in tiefer Bekümmertheit tat. Er entschied sich erst im letzten Moment, ihr zu folgen und der Konvention ebenfalls Genüge zu tun, um sich nicht ganz außerhalb zu stellen. Auch das tat er nur für sie – oder um vor ihren Augen überhaupt bestehen zu können.

Dann folgte noch das Beileid für die Familie. Er beließ es hier bei einem ehrlich gemeinten Kopfnicken, während Lilian kein Wort herausbrachte, als sie der Mutter die Hand drückte – was aber auch nicht nötig war, da ihr Herz mehr als alle Worte sagte. Die beiden Mädchen umarmten sich nur stumm und innig. Danach hatte Lilian wieder Tränen in den Augen...

Als sie langsam den Friedhof zusammen mit den Übrigen verließen, kündigte die Mutter noch ein gemeinsames Kaffeetrinken an.

Er sagte leise zu Lilian:

„Das ist jetzt nicht mehr dasselbe, Lilian. Da wird meistens nur noch geredet, und es ist gar nicht mehr feierlich. Ich glaube, wir sollten jetzt gehen... Wir könnten noch gemeinsam einen stillen Waldspaziergang machen."

Lilian sah ihn noch ganz unter dem Eindruck des Begräbnisses mit tief bekümmerten und ernsten Augen einen Moment lang fragend an. Dann nickte sie leise.

Sie ging still zu ihrer Freundin und flüsterte etwas mit ihr. Die Freundin nickte – und noch einmal umarmten sie sich in stiller Innigkeit. Dann kehrte sie zu ihm zurück. Mit unendlich vertrauensvollen Augen sagte sie ihm, dass sie bereit sei zu gehen...

Nun war er es, der fast ohne Nachdenken ihre Hand nahm, sich noch einmal mit einem Blick von der Mutter verabschiedete und dann langsam mit ihr dem Ausgang entgegenging.

Erst an der Bushaltestelle ließen sie einander wieder los. Im Bus hing jeder von ihnen seinen Gedanken nach. Es dauerte zwanzig Minuten bis zum Wald – und so lange gab es nichts zu sagen, zu eindrücklich war insbesondere für das Mädchen das Erlebte gewesen.

Das Schweigen setzte sich fort, als sie in den Wald hineinzugehen begannen. Auch er wusste nicht, was er sagen sollte – ob er etwas sagen sollte. Schließlich fragte er:

„Ist alles gut, Lilian?"

Sie nickte still.

Gerade, als er nach mehreren Minuten von neuem Sorge hatte, ob sie sich überhaupt wohl fühlte, fragte sie leise:

„Und über was redet man dann?"

„Dann?"

„Was sie dann machen wollten..."

„Das Kaffeetrinken. Nun, über alles Mögliche. Vielleicht über den Verstorbenen. Vielleicht auch über ganz andere Dinge. Viele haben sich ja vielleicht seit Jahren nicht mehr gesehen."

„Und ... es ist nicht mehr heilig?"

„Nein, das auf keinen Fall. Es wird wirklich kreuz und quer geredet. Vielleicht manchmal auch schön – aber es ist doch ein ziemlicher Gegensatz zu dem anderen.“

„Ja...“

Und nach einer ganzen Weile sagte sie:

„Danke, dass du immer so an mich denkst, Opa...“

Wieder konnte er darauf so wenig sagen wie sie ihrer Freundin nach dem Begräbnis.

„Du denkst immer so *viel*...“

„Nein, das stimmt gar nicht. Du denkst viel mehr, Lilian.“

„M-m...“

Sie schüttelte sanft den Kopf.

Er hörte einen Schwarm Graugänse und schaute in den Himmel. Es waren fast fünfzig Tiere. Vorsichtig wies er nach oben. Sie verfolgte sie nun ebenfalls und lächelte.

„Ziehen sie wieder in den Süden?“

„Ja.“

„Es sieht immer so schön aus. Sie beschützen sich gegenseitig, nicht wahr?“

„Ja, sie helfen sich mit dem Wind.“

„Es ist so unglaublich schön...“

‚Du bist schön...‘, dachte er, als er sie mit leuchtenden Augen zum Himmel blicken sah, hinter denen zugleich noch immer die Trauer des Vormittags zu spüren war.

Als sie später wieder zu Hause ankamen, begrüßte Susanne sie mit den Worten:

„Und? War alles gut? Mit den Haaren...?“

Er konnte es nicht fassen.

„Susanne – das war wirklich das Unwichtigste von allem. Es hat *niemand* etwas gesagt. Und ich sage dir – niemand hatte so schöne Haare wie sie.“

„Na, dann ist ja gut. Und hinterher wart ihr noch zusammen mit ihnen irgendwo etwas essen?“

„Nein, wir sind noch in den Wald gefahren."
„In den Wald? Und Lilian hat nichts gegessen?"
„Nein – wir beide nicht."
„Um Gottes willen – Lilian, du hast doch heute Morgen auch schon fast nichts gegessen. Hast du keinen *Hunger* gehabt?"
„Nein, Mama..."
„Das verstehe ich nicht – wieso seid ihr denn in den Wald gefahren? Gab es hinterher keine Einladung mehr?"
„Doch, aber wir wollten nicht."
Er versuchte, das Thema mit einem Blick abzubrechen.

Lilian, die wieder einen Konflikt fürchtete, sagte schnell:
„Im Wald war es wunderschön, Mama..."
Susanne sah ihn noch einmal an, dann ließ sie das Thema fallen.
„Na gut, aber dann musst du jetzt sofort etwas essen!"
Bevor ihre Mutter sie in die Küche treiben konnte, fragte Lilian ihn:
„Und du, Opa? Bleibst du noch?"
„Nein, ich gehe dann jetzt."
Daraufhin kam sie voller Dankbarkeit noch einmal zu ihm und umarmte ihn innig.
„Danke, Opa! Danke, dass du heute mit mir dort warst! Und auch für das andere..."

Mitte Dezember hatte es so heftig geschneit, dass er wieder eine lange Waldwanderung für die Tiere machen wollte. Er hatte seit Jahren, wenn Schnee lag, einen halben Tag lang Meisenknödel aufgehängt und alte Brotreste an bestimmten Stellen ausgestreut, die das Wild gut annahm, soweit er es sagen konnte. Jedes Mal war Lilian mitgekommen. Als Martin noch kleiner war, war er auch zweimal auf dem Schlitten mitgewesen.

Sie versuchten gemeinsam, ihn wieder zu überreden mitzukommen. Fast hatten sie ihn so weit, als er fragte, ob er dann wieder auf dem Schlitten gezogen würde. Aber das sah er nicht ein – auch schaffte er es mittlerweile nicht mehr.
„Nein, du bist groß genug, Martin. Du musst jetzt auch selbst gehen."
„Ich kann ihn doch ziehen!", sagte Lilian.
„Ja, aber dann wird ihm kalt", wandte er ein. „Das war vor zwei Jahren auch schon das Problem. Er muss laufen!"
„Das ist mir zu anstrengend. Das dauert dann wieder so lange!"
„Ja, es dauert lange!", sagte er bereits unwillig über so viel Faulheit. „Dafür sieht man endlich einmal etwas vom beginnenden Winter. Alle Kinder mögen doch Schnee. Was heißt, es dauert lange! Es dauert auch lange, hier zu Hause zu hocken!"
Nun war der Junge eingeschnappt.
Lilian versuchte, ihm besonders freundlich zuzureden.
„Komm doch, Martin. Es wird bestimmt schön!"
„Opa will ja gar nicht, dass ich mitkomme!"
„Doch, natürlich will er das."
„Nein. Jetzt nicht mehr", behauptete der Junge.
Er war noch immer ärgerlich.

„*Du* willst nicht, Martin", sagte er daher. „Es liegt nur bei dir. Soll ich etwa betteln? Das mache ich nicht! Wenn du nicht willst, dann eben nicht."

Sein Schwiegersohn hatte den letzten Rest der Unterhaltung mitbekommen und schaltete sich nun ein.
„Geh doch mit, Martin...", versuchte er es. „Es wird bestimmt schön – Lilian hat Recht."
„Nein – ohne Schlitten will ich nicht mit."
„Dann zieh ich dich", sagte Lilian.
„Lilian...", sagte er ruhig. „Das wird *dir* zu anstrengend. Du kannst ihn nicht die ganze Zeit ziehen."
„Und wenn du manchmal hilfst?"
„Das sehe ich nicht ein."
„Und wenn er manchmal läuft."
„Nein, ich will nicht laufen."
Ihm war dieses Hin und Her zuwider, insbesondere die Faulheit des Jungen brachte ihn auf die Palme. Sollte er doch zu Hause bleiben!
„Komm, Lilian. Du kannst niemanden zu seinem Glück zwingen."
„Martin, komm doch...", versuchte sie es noch immer.
„Nur mit Schlitten."
„Aber ich zieh dich doch."
„Aber die ganze Zeit."
„Nein", bestimmte er streng. „Jetzt ist Schluss. Du lässt dich nicht erpressen, Lilian. Du unterstützt seine Faulheit nicht noch! Soll er hierbleiben."
Sie sah ihren Bruder noch immer an, bat ihn mit ihrem Blick ein letztes Mal – vergeblich. Er konnte diese Schwesterliebe nicht fassen. Was war sie nur für ein Mädchen...

Später, als sie auf dem Weg in den Wald waren, fragte sie wiederum:
„Opa, warst du nicht ein bisschen zu streng mit ihm?"

„Lilian... Du kannst als große Schwester nicht immer so viel Verantwortung für ihn übernehmen. Er nutzt das aus und wird so nie groß. Er lehnt sich zurück und denkt immer mehr, er braucht nie etwas tun. Aber damit tust du ihm doch keinen Gefallen..."

„Aber es wäre für ihn doch auch schön gewesen, wenn er mitgekommen wäre."

„Ja, aber das muss er doch selbst lernen! Vor allem muss er es doch selbst wollen."

„Ich hätte es doch fast geschafft, Opa..."

Er fühlte einen Moment tiefer Rührung. Sie gab ihm sanft die Schuld, dass sie es nicht geschafft hatte, und er konnte nichts erwidern, erschlagen von ihrer schwesterlichen Liebe.

Als er sich wieder gefasst hatte, sagte er leise:

„Er weiß gar nicht, was er an dir hat, Lilian. Was für eine wunderbare Schwester..."

Verlegen stapfte sie neben ihm durch den Schnee...

„Wann hängen wir die ersten Meisenbällchen auf, Opa?"

Sie sagte immer ‚Bällchen'...

„Wann du willst. Soll ich dir schon mal einen geben?"

„Ja. Guck mal, dort ist doch eine schöne Stelle – da bei diesen Büschen?"

„Ja."

Er nahm seinen Rucksack vom Rücken und gab ihr gleich zwei von ihren Bällchen.

Sorgfältig befestigte sie den ersten an einem der Büsche, auf die sie gewiesen hatte. Für den nächsten suchte sie sich eine einzeln stehende Eibe aus.

Still gingen sie weiter.

„Wie lange machen wir das eigentlich schon, Opa?", fragte sie schließlich.

„Als du in die Schule gekommen bist, mit sechs, fast sieben, habe ich dich das erste Mal mitgenommen."

„Auf dem Schlitten?"

„Ja."

„Wie lange durfte ich auf dem Schlitten sitzen?"

„Ich glaube, mit elf bist du die meiste Zeit selbst gelaufen."

„Aber Martin ist doch erst neun!"

„Aber er ist doch ein Junge."

„Aber er ist noch sehr klein."

„Ja, aber trotzdem. Er ist auch etwas schwerer als du – und ich bin wieder vier Jahre älter. Und du kannst ihn auch nicht die ganze Zeit ziehen. Er hätte wirklich mitkommen können, wenn er es gewollt hätte. Du wärst auch mit neun schon gelaufen, wenn wir keinen Schlitten gehabt hätten."

„Er tut mir nur trotzdem leid, Opa..."

„Lilian... Wenn er wirklich gewollt hätte, hätten wir sicher eine Lösung gefunden. Aber er wollte es nur so bequem wie möglich. Er wollte nicht zu den Vögeln – oder etwas für sie tun. Er wollte es nur angenehm haben. Du warst immer begeistert, wenn ich sagte, wir gehen zu den Tieren, wir geben ihnen Futter für den Winter..."

„Ja...", sagte sie leise. „Ich habe diese Wanderung von Anfang an geliebt..."

Sie kehrten erst am späten Nachmittag nach Hause zurück – müde und erschöpft, aber glücklich.

Den Heiligabend verbrachte er mit der Familie – und dies war meistens sehr harmonisch, wie auch dieses Jahr. Er hatte dem Jungen diesmal zwei Abenteuer-Bücher geschenkt, über die er sich freute, und Lilian bekam von ihm zwei alte Bücher über heimische Wildtiere, die sie bei ihm entdeckt hatte. Er wusste, dass sie von diesen alten Büchern begeistert war, aber dass sie dachte, er würde sich nie von ihnen trennen – und so war ihre Freude um so größer, als diese plötzlich ihr gehören sollten. Sie lief zu ihm und umarmte ihn glücklich. Dann begann sie von neuem, darin zu blättern, obwohl sie sicherlich jede Seite bereits einmal angeschaut hatte.

Am Abend ging die Familie in die Kirche – und weil Lilian ihn so sehr darum bat, kam er mit. Er konnte auch diesmal nichts damit anfangen. Aber weil sie ihn bereits auf dem Weg dorthin so liebevoll unterhalten hatte und sogar im Gottesdienst in stiller Freude über seine Anwesenheit mehrfach zu ihm aufsah, war er dennoch in einer eigentümlichen Stimmung. Diese Weihnachtsstimmung aber ging ganz allein von ihr aus – seiner lieben Enkelin.

Die folgenden Festtage ließ er seine Familie dann in Ruhe – und zog sich auch in die eigene Ruhe zurück. Mehrfach hatte er gerade in diesen Tagen erlebt, wie es in früheren Jahren immer zuviel geworden war. Dann war es doch wieder zu Diskussionen gekommen, alle waren irgendwann überreizt, und es hatte überhaupt keinen Sinn gehabt, zusammen zu sein, welche Festtage es auch sein mochten. Er war sehr froh, dass es nun diese einfache Lösung gefunden hatte. Ein besonderer Festtag reichte. Für mehr war er einfach nicht geschaffen.

Aber Lilian ließ es sich nicht nehmen, ihn schon am ersten Weihnachtstag nachmittags bei ihm zu Hause wieder zu besuchen. Als Grund gab sie einfach an, sie finde ihn ‚so arm', wenn er so einsam zu Hause säße. Er beteuerte, er wäre nicht arm – aber sie ließ sich nicht überzeugen. Und in Wirklichkeit freute er sich über ihren Besuch ja auch unglaublich.

„Und – was habt ihr heute gemacht?", fragte er sie.
„Ach, wir sind vormittags ein bisschen spazieren gegangen. Dann haben wir gegessen, und dann haben wir ein bisschen gespielt."
„Was denn?"
„Wizard."
„Ah ja..."
„Und du, Opa? Was hast du gemacht?"
„Ich habe gelesen."
„Und was?"
„Ach – ich hatte da ein altes Buch mit den Werken von Brecht. Das habe ich mir einfach genommen – und darin geblättert."
„Brecht? Wer ist denn das?"
„Brecht... Das war ein wunderbarer Mann. Ein Kritiker der Gesellschaft. Ein Kämpfer für das Menschliche – ein scharfer Kämpfer gegen das Unmenschliche. Er schrieb Gedichte und Theaterstücke. Warte, ich lese dir ein Gedicht vor – irgendeines..."
Er blätterte ein wenig, dann fielen seine Augen auf ein kleines Gedicht, das ihn zufriedenstellte.
„Hier, pass auf... ‚Die Untersuchung: Die Behörden sollen eine Untersuchung führen – So heißt es. Im Stadtviertel – Schläft niemand mehr nachts. – Niemand weiß, wer es gewesen ist – Noch was verbrochen wurde – Alle sind verdächtig. – Wenn das Volk nachts den Verdacht von seiner Tür kehren muß – Können die Haufen von Verbrechen der Oberen – Unbeachtet – Liegen bleiben."

Das Mädchen sah ihn an.
„Das klingt ja sehr schlimm..."

„Ja, Brecht war ein Gegner des Autoritären, insbesondere des Faschismus. Und so musste er vor den Nazis aus Deutschland fliehen. Zeitlebens hat er mit seinen Worten alle Tendenzen zur Unmenschlichkeit scharf verfolgt und immer wieder versucht, die Menschen an ihr Gewissen zu erinnern."

„An ihr Gewissen?"

„Ja – daran, nicht zu schweigen, wenn sie sehen, wie sich das Unrecht ausbreitet."

„,Alle sind verdächtig...'"

„Ja – eine Atmosphäre der Angst. Ein ganzes Volk in Angst, und die Mächtigen, die Unterdrücker des Menschlichen, sie verbreiten diese Angst – zu ihrem Nutzen."

„Und was hat er noch geschrieben?"

„Viel auch gegen den sinnlosen, mörderischen Krieg und gegen die Ungerechtigkeit. Gegen die Ausbeutung der Menschen durch die Reichen. Er war ein Ankläger der Gewissenlosigkeit – die ja mit Reichtum und Macht immer wieder einhergeht."

„Hast du noch ein Gedicht darüber?"

„Warte mal, ich versuche, eines zu finden..."

Wieder blätterte er in dem Dünndruckband, bis er etwas fand, was er vorlesen wollte.

„Hier – es geht um den Widerstand gegen das Unrecht. ,Unsere Feinde sagen: Der Kampf ist zu Ende. Aber wir sagen: Er hat angefangen. Unsere Feinde sagen: Die Wahrheit ist vernichtet. Aber wir sagen: Wir wissen sie noch. Unsere Feinde sagen: Auch wenn die Wahrheit noch gewußt wird, kann sie nicht mehr verbreitet werden. Aber wir verbreiten sie. Es ist der Vorabend der Schlacht. Es ist das Schmieden unserer Kader. Es ist das Studium des Kampfplans. Es ist der Tag vor dem Fall ... Unserer Feinde.'"

„Was sind ,Kader'?"

„Kader – das sind Führungskräfte, Menschen, die an der Spitze einer politischen Bewegung oder Partei stehen. In diesem

Fall also die Führung der Menschen, die gegen die Mächtigen aufstehen und ihre Unterdrückung abwerfen wollen."

„Warum muss es immer ums Kämpfen gehen, Opa?"
„Weil es immer um Unterdrückung geht. Warum muss es immer Menschen geben, die Andere unterdrücken?"
„Ja – warum?"
Er hätte gerne gesagt: weil es keinen Gott gibt. Stattdessen sagte er:
„Weil nicht alle so lieb sind wie du."
„Aber du bist doch auch lieb. Alle sind doch lieb. Alle, die ich kenne."
„Ja – aber es genügen ein paar, um Tausende zu unterdrücken. Oder in Armut zu halten. Oder in die Armut zu stoßen."
„Aber *warum*?"
„Weil die Armen schwach sind. Schwach und ohnmächtig, und auch ängstlich. Du siehst ja – es genügt auch ein Schäferhund, um eine ganze Herde von Schafen im Zaum zu halten. Oder ein Wolf. Und wenn er will, reißt er sich ein paar – und die anderen drängen sich voller Angst zusammen und tun nichts..."
„Aber es sind doch Menschen! Man muss mit ihnen doch reden können!"
„Mit den Faschisten? Nein, mit denen konntest du nicht reden. Ein Teil waren Mitläufer, und ein Teil waren Überzeugungstäter. Die haben am Vormittag noch Juden ermordet und am Nachmittag dann Weihnachten gefeiert..."

Er sah, wie das Mädchen schauderte, und es tat ihm leid. Sie sagte:
„Aber das ist doch jetzt vorbei...?"
„Ja – das. Aber trotzdem geht es weiter. Die Ausbeutung. Das Reicherwerden der Reichen. Die Waffenexporte – auch wieder, um reicher zu werden, während Andere sich damit umbringen können. Und dann kommen die Flüchtlinge wieder

hierher. Aber das interessiert die Reichen ja auch nicht. Die haben ja ihre Villen, ihre Vorgärten, ihre Leibwächter. Und wenn sie wollen, können sie in die Karibik, nach Mauritius oder was weiß ich, wohin."

Nun schaute sie ganz und gar unglücklich. Dann sagte sie leise:

„Das ist aber ganz und gar nicht weihnachtlich jetzt..."

Er wollte sie nicht wieder verlieren und sagte:

„Tut mir leid, Lilian. Ich hätte auch gar nichts gesagt, wenn du nicht gefragt hättest, was ich gemacht habe."

„Aber wenn du so was liest, musst du doch auch ganz traurig sein...!"

„Na ja, was soll ich machen? Die Welt wird auch nicht besser, bloß weil Weihnachten ist."

Nun war sie wirklich traurig.

Nach ein paar Augenblicken sagte sie:

„Aber sie *könnte* besser werden, wenn alle an Gott glauben würden."

„An Gott glauben? Und warum sollte sie dann besser werden?"

„Weil die Menschen sich dann liebhaben würden."

„Sich liebhaben? Die sogenannten Christen würden dann noch immer die Juden umbringen. Und sie hatten auch noch nie ein Problem damit, Waffen zu exportieren. Kriege zu führen. Nicht die deutschen Christen. Nicht die amerikanischen Christen. Die sind vielleicht sogar die allerschlimmsten. Sie fühlen sich ja als der Vertreter Gottes auf Erden, wenn sie diese Erde mit Krieg überziehen."

„Die Erde?"

„Na ja, überall, wo sie Einfluss gewinnen wollen. Ehemals Vietnam, Südamerika, Chile. Heute Afghanistan, Irak, Libyen, Syrien."

„Aber wieso Christen?"

„Weil ihr Wahlspruch ist: ‚God bless America' – Gott segne Amerika. Und weil sie immer schon davon ausgehen, dass Amerika ‚God's own country' ist, ist das, was sie tun, immer richtig und gottgewollt. – Ich glaube, wir hören an dieser Stelle lieber auf, sonst geht es mir wirklich schlecht, und dir auch."

Lilian war tief bekümmert – und er war geradezu beschämt, dass er dieses liebe Mädchen innerhalb von Minuten von einer glücklichen Stimmung in eine tiefe Betrübnis gestoßen hatte.

„Ach, Lilian", sagte er kurz entschlossen. „Wollen wir noch einmal in den Wald fahren?"

„Jetzt? Aber es ist schon dunkel!"

„Das macht nichts. Der Wald ist so verschneit auch abends noch hell. Dann machen wir eben eine Weihnachts-Nachmittags-Nachtwanderung..."

„Ja, gut!", sagte Lilian begeistert. „Ich sag nur schnell Mama und Papa Bescheid."

Sie holte ihr Handy heraus – und nach kurzer Zeit hatte sie sie überredet.

Er lächelte zufrieden.

„Und wir nehmen den Schlitten mit!"

„Was? Wieso den Schlitten?"

„Dann kannst du dich ab und zu draufsetzen."

„Aber ich bin doch schon viel zu groß!"

„Nein, heute nicht."

„Aber du hast doch schon bei Martin gesagt – –"

Er zwinkerte ihr zu.

„Das kann ja unser Geheimnis bleiben... Es ist deine letzte Chance, noch einmal von mir gezogen zu werden..."

„Denkst du wirklich, das *geht* noch, Opa?"

„Ja, ein bisschen bestimmt..."

Er sah ihr freudiges Herzklopfen – und war glücklich, dass er sie wieder aufgemuntert hatte, und auch überhaupt, sie so zu sehen. Sie war wirklich wie ein Stern in dunkler Erdennacht...

Es war ein schönes Gefühl, mit ihr und dem Schlitten zur Bushaltestelle zu gehen. Es war schon Jahre her, seit er den Schlitten zuletzt gezogen hatte.

*

Als sie am Wald ausstiegen, kamen ihnen noch vereinzelt späte Eltern mit ihren Kindern entgegen. Ihren Weg in den Wald hinein nahm niemand. Und bald, nachdem sie vom Hauptweg abgebogen waren, waren sie völlig allein in einem schweigenden Weihnachtswald...

„Setz dich rauf, Lilian", sagte er.
„Aber Opa – kannst du es denn wirklich noch?"
„Versuch es. Setz dich rauf. Mach dir keine Sorgen, Lilian."
Er sah selbst noch in der Dunkelheit, wie sie sich vorsichtig setzte, nicht einfach so, sondern sorgenvoll, zugleich aber auch mit einer heiligen Spannung...
Er zog an dem Seil. Der Schlitten war mit ihr sehr schwer, er wunderte sich selbst. Erst als er ihn in Bewegung gebracht hatte, ging es leichter. Dann merkte er, dass sie plötzlich abstieg.
„Es geht doch nicht, Opa!"
Er hielt an.
„Ach komm, Lilian. Natürlich geht es. Es war schon ganz leicht. Er muss nur in Bewegung kommen, das ist alles – und dann fährt er fast von alleine."
„Das sagst du jetzt nur so."
„Aber es stimmt. Nur ein paar Minuten, Lilian. Warum machst du dir solche Sorgen..."
„Na, wegen dir, Opa!"

„Nein, bitte, tu mir den Gefallen."

„Du bittest *mich*, dass du mich ziehen kannst?"

„Ja – dass du nochmal gezogen werden willst. Dass es auch dir Freude machen würde..."

„Das würde es ja, Opa – aber ich mache mir Sorgen, dass es dir zu schwer ist."

„Nein – ist es nicht. Mach dir jetzt einfach mal zehn Minuten keine Sorgen. Einfach alles vergessen – und mit mir den stillen, einsamen Wald genießen. Jetzt am Weihnachtsabend."

„Na gut..."

Wieder setzte sie sich zögernd. Er meinte fast, zu sehen, wie sie versuchte, sich ganz besonders leicht zu machen.

Er zog an – und es ging. Langsam und mit gleichmäßigem Schritt, begann er, sie auf dem Schlitten hinter sich herzuziehen.

„Und ... geht es, Opa?", hörte er ihre Stimme hinter sich.

„Ja", lächelte er, während sein Herz die Anstrengung deutlich spürte – aber auch das konnte ja ab und zu nur gut tun.

Und dann umhüllte sie die Stille. Man hörte nur noch das sanfte Schleifen der Kufen im Schnee – dieses friedliche, stille Geräusch, mit dem so viele Erinnerungen verbunden waren...

Nach einer ewig langen Zeit, vielleicht zwanzig Minuten, hielt er an einer Weggabelung an. Nun konnte er wirklich nicht mehr. Er fühlte sein Unterhemd nass an seinem Rücken kleben, aber das störte ihn nicht.

Lilian stieg sofort ab, tief berührt, fast verlegen.

„Und, Lilian...", fragte er leise, seinen schnelleren Atem wieder beruhigend. „War es schön?"

„Es war so unglaublich schön, Opa! Ich musste zwar doch immer wieder an dich denken, aber ich glaube, ich war noch nie so glücklich gewesen!"

„Wirklich, Lilian?"

„Ja!"

Sie verstellte sich ja niemals. Fast ungläubig hörte er ihre unbeschreibliche, stille Freude, ihr Glück über dies alles – und sein Glück, ihr dies geschenkt und dies mit ihr erlebt zu haben, kannte keine Grenzen.

Auf einmal umarmte sie ihn.

„Opa... Du bist wirklich der Allerbeste...“

Hilflos wusste er nicht, wohin mit seinen eigenen Armen – und er hoffte, sie würde seinen heftigen Herzschlag nicht hören und doch noch ein schlechtes Gewissen bekommen.

Dann sagte sie mit Feuereifer:

„Jetzt musst du dich aber auch einmal hinsetzen! Ich ziehe dich zurück!“

Er wehrte ab.

„Das kommt doch überhaupt nicht –“

„Doch! Setz dich hin, Opa!“, bat sie.

Er musste ihr ihren Willen lassen. Sie würde schon früh genug erkennen, dass sich der Schlitten keinen Millimeter bewegen würde.

Sie zog mit aller Kraft – und der Schlitten bewegte sich um wenige Zentimeter.

Ein Laut der Verblüffung kam aus ihrem Mund, dann lachte sie kurz über ihre eigene Schwachheit.

„Aber so schwer *bist* du doch gar nicht, Opa!“

Er wollte wieder aufstehen, doch sie rief bittend:

„Nein! Ich muss es noch einmal versuchen.“

Nun versuchte *er*, sich so leicht wie möglich zu machen...

Wieder zog sie mit aller Kraft und schaffte es vielleicht einen halben Meter – dann musste sie aufgeben.

„Ich schäme mich so!“, sagte sie leidenschaftlich empört über sich selbst.

„Ach was! Das ist nun einmal so. Kinder ziehen ihre Opas nicht...“

„Aber ich bin doch kein Kind mehr!“

„Lilian – egal, was du bist. Du musst mich wirklich nicht ziehen...“

„Aber ich möchte dir *auch* eine Freude machen.“

„Ach, Lilian – weißt du denn nicht, was für eine Freude du mir *immer* machst?“

„Immer?“

„Ja – immer. Immer wenn ich dich sehe. Du machst mir schon seit vierzehn Jahren diese Freude.“

„Vierzehn Jahre? Aber so alt bin ich doch noch gar nicht!“

„Aber fast.“

„Aber – immer?“

„Ja. Wirklich immer...“

Still ging sie neben ihm denselben Weg wieder zurück. Man sah die Schlittenspuren sogar im Dunkeln. Plötzlich fühlte er wieder ihre behandschuhte Hand in der seinen. Verlegen erwiderte sie kurz seinen innerlich überraschten, aber ruhigen Blick zu ihr. Erst nach einer ganzen Weile, als nur das Geräusch ihrer Schritte und des ihnen folgenden Schlittens ihre Begleiter waren, sagte sie:

„Ich bin bei dir auch immer glücklich, Opa...“

Mitte Februar machte er mit Lilian die letzte Schneewanderung dieses Winters. Es hatte noch einmal einen Kälteeinbruch gegeben, und sie hatten die Gelegenheit genutzt, in den Wald zu fahren – diesmal ohne Schlitten.

Lilian war sehr fröhlich und gesprächig.
„In der Schule fanden viele es total doof, dass es noch einmal geschneit hat. Opa – ich versteh das gar nicht! Wie kann man Schnee nicht schön finden?"
Er lächelte über ihre zarte Begeisterung.
„Vielleicht, weil es einem zu kalt ist. Oder weil man keine Lust auf den Schlamm ein paar Tage später hat."
„Aber das sind doch keine Gründe! Ich meine, dafür kann der Schnee doch nichts!"
„Und du? Stört dich das alles nicht?"
„Nein – wirklich nicht!"
„Der Schlamm und Schmutz, wenn der Schnee schmilzt?"
„Nein – warum sollte mich das stören?"
„Vielleicht weil es alles schmutzig macht."
„Aber man kann doch vorsichtig gehen..."
Er lächelte in sich hinein. Ein wunderbares Mädchen.
„Und du, Opa? Stört es dich?"
„Nein, überhaupt nicht."
„Siehst du!", sagte sie triumphierend. „Nur die anderen stört es!"

„Ja...", bestätigte er. „Als ich klein war, direkt nach dem Krieg, da waren so viele Wege, die heute asphaltiert und gedeckt sind, einfach nur Erdwege. Da solltest du mal sehen, wie das dann aussah! Die Leute heute wissen doch überhaupt nicht mehr, was Schlamm ist!"
Sie lächelte zu ihm hoch.
„Erzähl noch mehr von früher, Opa. Ich mag das... Du machst das so selten."

Er fühlte eine große Berührung in seinem Inneren. Fast verlegen sagte er:

„Ach ... da gibt es auch gar nicht so viel zu erzählen. Weißt du, die Menschen wissen auch nicht, was Krieg ist. Ich ja auch kaum. Aber damals war alles kaputt. Die Leute waren froh, wenn sie ein Dach über dem Kopf hatten. Und es war nicht so schön wie jetzt – nichts. Es gab nichts, und was es gab, musste erkämpft werden. Ich meine, das Leben war hart. Jeder musste arbeiten. Als Kind musste ich im Herbst bei der Ernte mithelfen. Wenn ich spielte und mir die Hosen schmutzig machte, gab es was hinter die Ohren. Und –"

„Du bist *geschlagen* worden?"

„Ja – das war früher normal."

„Armer Opa..."

Er hörte das entsetzte Mitleid ihrer Stimme. Auf einmal schwiegen sie beide. Und dann spürte er zum dritten Mal ihre Hand in der seinen. Wieder schenkte sie ihm ihre Hand ... aus aufrichtigem Mitleid.

Er wusste gar nicht, womit er dies verdient hatte. Diese Geste berührte ihn immer wieder tief, und mit dieser Empfindung ging er mit ihr weiter...

Vorsichtig setzte er nun seine Erzählung fort.

„Ach, Lilian. Du kannst es dir nicht vorstellen, wie es früher war. Habt ihr in der Schule schon den Nationalsozialismus behandelt?"

„Nein, noch nicht. Ich bin ja erst achte Klasse. Aber ich glaube, bald haben wir es."

„Ja, ich verstehe. Ich habe dir schon ein bisschen darüber erzählt. Aber – du kannst dir vorstellen, dass die Leute, die davor zehn Jahre dem Hitler hinterhergelaufen sind, nach dem Krieg nicht einfach was ganz anderes dachten. Sie taten zwar so, weil sie mussten, aber in Wirklichkeit..."

„Was meinst du genau, Opa?"

„Ich meine die Juden. Ich meine, du musst es dir vorstellen. Zehn, zwölf Jahre wurde diesen Leuten eingebleut, dass die Juden keine Menschen sind, dass sie ruhig umgebracht werden können, ja müssen. Hinterher wollte das keiner gewusst haben. Aber gehasst hat man sie doch. Man hat sie mit Insekten, mit Ungeziefer verglichen. Wenn man einem schon in Gedanken sein Menschsein nimmt, ist er auch kein Mensch mehr – ich meine, in den eigenen Gedanken. So war das. Man hat dem Hitler geglaubt – ihm geglaubt, dass er das Deutschsein schütze, dass er es ‚rein' halte, und dass die Juden die schlimmsten Schädlinge für dieses reine deutsche Blut sind. Und die, die Hitler bejubelten und für den großartigsten deutschen Führer seit allen Zeiten hielten, die hielten ihn auch nach dem Krieg dafür – wenn auch nur noch hinter vorgehaltener Hand. Die sprachen nicht von einer Befreiung durch die Amerikaner, Franzosen und Engländer, sondern von einer Besatzung, von einem verlorenen Krieg, dem sie immer und immer weiter hinterhertrauerten. Das will heute keiner mehr wissen, aber nach dem Krieg wurde keineswegs alles entnazifiziert, da war ganz viel noch genauso braun wie vorher."

„Braun?"

„Ja, braun, die Farbe der Nazis. Gleichbedeutend mit einem Hass gegen alles, was anders ist..."

„Aber die Erde ist auch braun."

„Ja, aber die Nazis haben aus dieser Farbe etwas sehr, sehr Schlimmes gemacht. So schön das Erdbraun ist, so schlimm ist das Nazi-Braun in den Köpfen..."

„Ich verstehe..."

„Und, ja – mein Vater gehörte auch zu den Hitleranhängern. Dass er nach dem Krieg anders dachte, hat mit etwas anderem zu tun, das erzähle ich dir vielleicht auch irgendwann. Besser gemacht hat es ihn auch nicht, im Gegenteil. Im Grunde war nach dem Krieg alles hoffnungslos. Es gab zwar das sogenannte Wirtschaftswunder, es gab Rock n' Roll und so weiter, aber eigentlich haben die Leute nur versucht, schnell wieder zu vergessen, was davor gewesen war. Und für uns Kinder gab es nichts zu lachen. Schläge gab es nicht nur für schmutzige Kleider..."

Der Händedruck des Mädchens wurde fester. Nach einiger Zeit fragte sie:

„Und später? Irgendwann ... hast du dich doch auch verliebt, oder?"

„Ja, schon, warum fragst du das?"

„Na ja", erwiderte Lilian verlegen. „Ich wollte nur ... dass es irgendwann auch etwas Schönes gab..."

„Ja", sagte er dankbar. „Aber das war ja schon neunzehnhundertsechzig, einundsechzig, als ich fast sechzehn war. Da war es ja schon deutlich später. Da wurde in Berlin ja schon fast die Mauer gebaut."

„Die Mauer?"

„Ja, zwischen dem Ostteil, der zur DDR gehörte, und dem Westteil, der zur Bundesrepublik gehörte. Mein Gott, du bist schon so viele Jahre nach der *Vereinigung* geboren, ich kann es nicht fassen..."

„Du hast viel erlebt, nicht wahr, Opa?"

„Ja, ich denke schon..."

„Und ... hattest du trotz allem ein schönes Leben?"

Er musste nachdenken. Er würde vor ihr nicht direkt sagen können, dass es nicht schön war, denn seine Tochter war ja ihre Mutter. Aber obwohl er sie geliebt hatte, war die Ehe doch nicht einfach gewesen. Vielleicht einfach – aber glücklich war sie trotzdem nicht gewesen.

„In der Natur war ich immer glücklich. Und ich war ja oft in der Natur – so oft ich konnte. Ja ... vielleicht hatte ich ein schönes Leben..."

„Das klingt aber nicht so, Opa..."

Er drückte ihre Hand, um sie von ihrem Mitleid abzubringen.

„Vielleicht beginnt das schöne Leben erst jetzt, Lilian. Jetzt, wo ich mit euch meine letzten Jahre erleben kann."

„Opa...", sagte sie traurig. „Das ist doch viel zu spät!"

„Es ist nie zu spät", sagte er. Halb meinte er es ernst, halb kam es ihm wie eine abgedroschene Formel vor. „Ach, Lilian. Ich hatte auch schöne Jahre. Die Natur war immer schön. Und ich war froh, dass ich nicht so war wie viele andere. Das reicht doch..."

„Das reicht?", fragte sie zweifelnd. Dann gab sie selbst traurig die Antwort. „Nein, das reicht nicht... Dann warst du eigentlich sehr einsam, oder?"

Er hatte das so gar nicht bemerkt. Wenn man *im* Leben drinsteckte, lebte man einfach und machte sich nicht so viel Gedanken. Erst im Rückblick erschien manches anders. So, dass man einem Mädchen, das danach fragte, Recht geben musste. Viel zu viel Recht.

„So einsam war ich auch nicht. Ich hatte immer irgendwelche Kumpel."

„Kumpel? Aber das reicht doch nicht!"

„Aber was willst du machen? Vielleicht habe ich es nicht besser verdient..."

Er dachte an seine Frau, die letztlich vielleicht noch einsamer war als er – durch ihn.

„Aber wieso, Opa?"

Lilian war entsetzt stehengeblieben.

„Natürlich hast du es verdient! Warum sagst du so was?"

Er ging weiter, und sie folgte ihm, ihre Hand war noch immer in der seinen.

„Ach, weißt du... Ich habe meine Frau auch nicht immer so geliebt, wie ich vielleicht sollte."

„Und warum nicht?"

„Ja, wenn man das immer wüsste. Wie das zusammenpasst und wie es nicht zusammenpasst. Manchmal merkt man, dass man nicht mehr ganz zusammenpasst, dass man sich nicht mehr so wirklich liebt. Vielleicht überhaupt nicht mehr..."

„Ihr habt euch nicht mehr geliebt?"

„Nein, nicht wirklich..."

Sie schwieg nachdenklich.

„Ich meine, es geht ja vielen Menschen so – sehr vielen. Heute geht man einfach wieder auseinander. Das war früher nicht ganz so. Und wenn Kinder da waren, erst recht nicht."

Noch immer schwieg Lilian nachdenklich. Er schämte sich.

„Und wann habt ihr euch nicht mehr geliebt?"

„Ich glaube, es war meine Schuld, Lilian. *Ich* habe sie nicht mehr geliebt. Ich zuerst..."

„Deine Schuld? Und wann...?"

Es zerriss ihm fast das Herz. Er schämte sich vor diesem Mädchen wirklich. Vor *ihren* Augen wollte er ganz anders bestehen als vor jeden anderen... Dennoch konnte er sie nicht anlügen – sie am wenigsten.

„Da war deine Mama vielleicht ungefähr neun oder zehn..."

„So früh? Und dann habt ihr euch gar nicht mehr geliebt?"

„So ist es ja nicht, Lilian... Aber, ja, man merkt, dass es vielleicht doch nicht die Liebe des Lebens war. Dass man doch nicht wirklich zusammenpasst."

„Trotzdem seid ihr zusammengeblieben?"

„Ja."

„Und wie lange?"

„Dreißig Jahre. Bis sie bei dem Unfall starb, fünf Jahre bevor du geboren wurdest."

„Dreißig Jahre..."

„Ja."

„Das ist aber lange... Und so lange habt ihr dann nur noch zusammen gelebt, ohne euch zu lieben?"

„Ja. Ich meine, irgendetwas verbindet einen dann trotzdem noch. Und sei es nur die ganze Vergangenheit. Aber ja, wirklich geliebt haben wir uns dann nicht mehr. Ich sie nicht mehr..."

„Und sie dich?"

„Ich weiß nicht. Ja, vielleicht sie mich schon. Jedenfalls mehr als ich sie. Wahrscheinlich habe ich ihr sehr wehgetan. Vielleicht hat sie mich dann auch nicht mehr geliebt. Aber vielleicht nur, weil sie keine Chance hatte... Weil sie nicht wiedergeliebt wurde."

„Und warum *hast* du sie nicht mehr geliebt, Opa?"

„Vielleicht magst du mich auch nicht mehr, Lilian, wenn ich dir all das erzähle...", sagte er beschämt.

Ihr Händedruck war nun selbst beschämt wieder fester.

„Doch! Ich ... ich will es ja nur verstehen..."

„Ich kann es ja auch nicht verhindern, wenn du mich dann nicht mehr mögen solltest, Lilian. Es war nun einmal so. Ich kann es ja auch nicht mehr ändern..."

„Opa, aber ich mag dich doch! Mach dir doch bitte keine Sorgen..."

Nun drückte er ihre Hand dankbar.

„Ich weiß es auch nicht, Lilian. Ich weiß es wirklich nicht. Irgendwann wurde mir klar, dass wir nicht zusammenpassten. Dass *ich* es nicht empfand. Wie wenn man von einem Tag auf den anderen aufwacht und sich ... irgendwie einsam fühlt. Natürlich nicht von einem Tag auf den anderen – aber doch irgendwie so. Und dann bleibt es so. Man versucht, es zu vergessen oder so etwas, aber das geht nicht. Es wird immer deutlicher. Und irgendwann muss man es akzeptieren: Dies war nicht die Liebe deines Lebens. Offenbar war sie es nicht. Und dann? Ja, dann ändert sich auch nichts. Nur das..."

Sie gingen eine Weile schweigend. Eine ganze Weile. Er wusste nicht, was sie dachte. Wieder schämte er sich – und empfand auch einen Schmerz, dass sie es noch nicht verstehen konnte.

Dann aber spürte er wieder ihren sanften Händedruck.

„Du bist trotzdem der beste Opa, den ich kenne...", sagte sie leise.

Berührt schwieg er mit vielen Empfindungen.

„Ich meine, nicht ‚trotzdem'. Ich meine ... es tut mir leid, Opa, dass dein Leben so traurig war. ‚Dein Leben', das hört sich so komisch an. Aber eine so lange Zeit! Eine so lange... Das tut mir sehr leid. Wirklich, Opa..."

Er drückte ihre Hand. Nun empfand er ihr Mitleid wirklich fast als ganz und gar unverdient – obwohl es so wunderschön war, so gut tat...

„Ist schon gut. Jetzt *ist* ja alles schön, Lilian..."

„Wirklich? Wegen uns? Obwohl du mit Mama und Papa auch oft streitest?"

„Ja, trotzdem..."

Er konnte nicht sagen, dass allein schon die Momente mit ihr reichten, um seinem Leben die Schönheit zu geben, die es so wenig gehabt hatte...

Zwei Wochen später saß er mit der ganzen Familie am Abendbrottisch. Es war eine fröhliche Stimmung. Er hatte mit Martin herumgealbert, bis Susanne ein Machtwort gesprochen hatte. Noch immer hatte es eine ganze Weile gedauert, bis der Junge nicht mehr losprustete. Sogar sein Schwiegersohn hatte sich im Stillen amüsiert.

Als schließlich alle wieder ernst waren und unter den wachsamen Augen der Mutter in Ruhe ihr Brot aßen, fiel ihm ein, dass er Lilian langsam fragen musste, was sie sich zum Geburtstag wünschte, denn dieser war bereits in gut drei Wochen, kurz nach Frühlingsanfang.

„Lilian, weißt du schon, was du dir wünschst?"

Sie sah ihn an.

„Zum Geburtstag?"

„Ja."

Sie überlegte kurz. Dann fragte sie ihn:

„Kann ich dir das nachher sagen?"

„Aber natürlich", erwiderte er verwundert.

„Wieso nachher?", fragte ihr Vater.

„Weil es nicht jeder hören muss..."

„Was?", sagte ihr Vater überrascht. „Warum denn? Was bedeutet das?"

„Weil ich mich etwas schäme..."

„Wieso das denn? Was wünschst du dir denn? Für was könnte man sich schämen?"

„Siehst du – das wollte ich eben nicht sagen."

„Na, nun ist eh zu spät. Jetzt musst du es auch sagen."

„Sie muss gar nichts", sagte er. „Ich bin schuld daran, und sie muss es nicht sagen. Sie kann es auch nur mir sagen."

Aber da fürchtete das Mädchen schon wieder einen Streit, und es sagte von sich aus:

„Ich habe gerade ‚Robin Hood' gelesen. Und..."

„Und was?", fragte ihr Vater.

Alle schauten sie an – und sie errötete über das ganze Gesicht.

„Lasst sie doch um Gottes Willen in Ruhe!", entfuhr es ihm in aufrichtigem Ärger über diese Nötigung.

Dankbar schaute Lilian ihn an. Aber dann sagte sie:

„Ist schon gut, Opa... Ich ... also ich ... mir hat das Buch sehr, sehr gefallen. Und es ist ja auch so traurig... Aber ich ... also ich wünsche mir eigentlich ... so ein schönes Kleid, wie es ... wie es vielleicht *Marian* getragen hat..."

Nun reagierte jeder auf seine Weise.

„Ach!", sagte ihr Vater erstaunt und leichthin. „Und *das* war dir jetzt so peinlich?"

„Du bist ganz rot, weißt du das?", krähte Martin.

„Ein Kleid? So aus dem Mittelalter?", fragte ihre Mutter. „Was willst du denn *damit*?"

Er sah, wie sie sich völlig in die Enge getrieben fühlte.

„Ihr seid so was von *ignorant*!", fuhr er auf. „Seht ihr nicht, dass sie es einfach haben möchte!? Was ist daran so schwer zu verstehen? Ich verstehe *euch* nicht. Unglaublich seid ihr! Könnt ihr sie *jetzt* wenigstens in Ruhe lassen!?"

Nun war durch dieses Machtwort einerseits alles andere vom Tisch gefegt, andererseits war die Stimmung jetzt wirklich vergiftet. Einzig Lilian selbst schickte ihm einen weiteren dankbaren Blick, obwohl sie zutiefst betrübt über die ganze Entwicklung war – wofür sie sich allerdings ganz allein die Schuld gab.

„Du kannst hier doch nicht einfach so rumschreien!", sagte Susanne. „Ich habe", fuhr sie betont fort, „nur gefragt, was sie damit *will*."

„Und ich habe nicht geschrien!", erwiderte er wütend. „Ihr merkt bloß einfach nicht, wie es jemandem geht. Wie es *ihr* geht und ging, wenn ihr alle auf ihr herumhackt!"

„Wir haben doch nicht auf ihr herumgehackt!", sagte nun auch sein Schwiegersohn.

„Doch, *du* hast gefragt, ob ihr das jetzt ‚so peinlich' war."

„Ja und? Was ist da dabei?"

„Dass sie sich schon geschämt hat, es überhaupt *sagen* zu müssen, was sie sich wünscht."

„Aber das ist doch das Normalste von der Welt."

„Nicht, wenn dann alle Welt *so* reagiert!"

„Ich verstehe nicht, was daran jetzt so unglaublich schlimm war."

„Eben – das ist das Problem. Dass hier offenbar keiner *etwas* versteht!"

Nun schaltete sich wieder seine Tochter ein.

„Du kannst ja gehen, wenn es dir bei uns nicht gefällt!"

Er konnte es nicht fassen. Mit Sticheleien dieser Art beendete sie eine Diskussion, die ihr nicht gefiel, letztlich irgendwann immer. Offenbar hatte er diesmal das Maß viel früher erreicht.

„Ja, das muss ich wohl", sagte er und stand auf.

„Opa – –", sagte Lilian untröstlich.

Er beruhigte sie.

„Nein, Lilian, ist schon gut. Es ist alles gut. Ich glaube, ich sollte jetzt wirklich besser gehen – sonst rege ich mich nur weiter auf. Und das wollen wir ja nicht. Ich will es auch nicht. Mach dir keine Sorgen... Es ist auch nicht deine Schuld. Wirklich, mach dir keine Sorgen. Esst einfach weiter. Morgen ist auch noch ein Tag..."

Er ging, aber Lilian rannte ihm hinterher, um ihn wenigstens noch zu verabschieden. Im Flur umarmte sie ihn heimlich und sagte leise:

„Danke, Opa..."

Er sagte ebenso leise:

„Du kriegst dein Kleid, Lilian. Und du wirst darin wunderschön aussehen..."

Ihre Augen leuchteten dankbar, und leise sagte sie:
„Nicht böse sein, Opa. Sei nicht böse auf Mama und Papa."
„Nein, ich bin nicht böse. Ich bin nur manchmal ärgerlich
über ihre Dummheit. Ihre Blindheit, verstehst du."
„Ja... Deswegen habe ich dich so lieb. So sehr..."

*

Für ihren Wunsch warf er tatsächlich wieder einmal die alte
Kiste von Computer an, die er sein eigen nannte. Er hatte
nicht den geringsten Wunsch gespürt, sich mit dieser Technik
noch auseinanderzusetzen, als sie wie aus dem Nichts irgendwann auftauchte. Letztlich hatte er sich dann einen solchen
Kasten doch auch angeschafft, um nicht ganz von der Entwicklung abgeschnitten zu sein. Und manchmal hatte er doch
etwas Gutes, etwa, wenn man ein vergriffenes Buch suchte –
oder aber, wenn man seiner Enkelin einen ganz besonderen
Wunsch erfüllen wollte.

Er fand schließlich mit Hilfe dieses modernen ‚Internet' einen
Shop, der ein wunderschönes Kleid anbot, wie es Marian
vielleicht getragen hätte. Es wirkte wie aus Samt, obwohl es
kein Samt war. Es war ein prachtvolles Dunkelgrün, und am
Halsausschnitt und um die Taille hatte das Kleid wunderbare
Bortenmuster, die weiten Ärmel dagegen wurden von einem
feinen Goldrand abgeschlossen. Als er dieses Kleid endlich
gefunden und bestellt hatte, ging er mit einem tiefen Glücks-
gefühl schlafen. Lilian würde es ganz sicher ebenso gefallen,
das wusste er...

Lilians Geburtstag fiel auf einen Samstag. Er wusste, dass sie drei Freundinnen eingeladen hatte. Er wollte auch nicht weiter stören, sondern ihr sein Geschenk nur kurz vorbeibringen.

Als seine Tochter ihm geöffnet hatte, ging er auf ihren Hinweis einfach durch zu Lilians Zimmer. Er klopfte kurz an die offene Tür und trat dann ein. Dort knieten mit Lilian zusammen vier Teenager wie kleine Mädchen auf dem Boden, während sie inmitten von viel Papier mitten beim Auspacken war. Als sie ihn sah, sprang sie auf und lief zu ihm.

„Opa! Ich wusste nicht, dass du heute kommst – ich dachte, wir sehen uns morgen?"

„Ja, aber heute ist doch dein Geburtstag. Herzlichen Glückwunsch, Lilian!"

Er breitete seine Arme aus – und sie warf sich hinein.

„Danke, Opa!"

Gerührt ließ er dies geschehen, dann zog er hinter ihrem Rücken wieder sein verpacktes Geschenk hervor und überreichte es ihr.

„Hier, Lilian – das ist für dich..."

Sie sah ihn völlig überrascht an, aber ihr Blick sagte alles.

„Das ist ... für mich...?", stotterte sie.

„Ja", lächelte er. „Das weißt du doch..."

„Ja, aber..."

„Willst du es nicht mehr?"

„Doch!"

Dann flüsterte sie:

„War es sehr teuer?"

Er flüsterte zurück:

„So was ist heute nicht mehr teuer. Es ist einfach nur noch schön. Ich hoffe, es gefällt dir, Lilian. Mir gefiel es sehr, sehr gut..."

Noch einmal umarmte sie ihn.

„Danke, Opa!"

Nun fragte eines der Mädchen:

„Was hat er dir denn geschenkt?"

Er sah, wie es ihr auch vor ihren Freundinnen peinlich war.

„Lilian, du musst es jetzt nicht auspacken. Und wenn, dann lass nicht noch einmal zu, was damals beim Abendbrot passiert ist. Freundinnen sind hoffentlich anders..."

„Ja..."

„Ich störe euch jetzt nicht weiter. Bis morgen, Lilian."

„Bis morgen, Opa! Ich freu mich schon jetzt..."

„Ich mich auch."

Er warf noch einen letzten Blick auf die Runde der drei anderen Mädchen, die da vor ihm auf dem Boden saßen, dann ging er.

Kopfschüttelnd machte er sich wieder auf den Heimweg. Die anderen Mädchen hatten ihn nicht mal begrüßt. So was war heute anscheinend alles nicht mehr üblich. Was ihn aber am meisten verwunderte, immer wieder, war, wie Mädchen heute überhaupt waren. So albern, so selbstbewusst, so verquatscht, so erwachsen – jedenfalls glaubten sie das offenbar selbst. Zwei Mädchen hatten Nagellack gehabt, er hatte es gesehen, obwohl er überhaupt nicht darauf geachtet hatte. Er versuchte, sich zu erinnern, in welchem Alter die Mädchen früher zum ersten Mal Nagellack gehabt hatten. Ganz sicher nicht mit vierzehn! Er fragte sich, ob die Mädchen früher überhaupt in irgendeiner Hinsicht ‚so weit' waren wie heute. Die beiden Mädchen mit den Fingernägeln waren auch sonst weiter als Lilian, man konnte sie für fünfzehn halten, sie könnten fast schon einen Freund haben und so weiter. Es war erschreckend.

Und Lilian? Was *fand* sie an ihnen? Was fanden sie an *ihr*? Waren sie gute Freundinnen? Konnten sie sie verstehen? Sie hatte glücklich ausgesehen. Also mussten es ja wohl gute Freundinnen sein. Dennoch fragte er sich, was das heute bedeutete. Dies alles war ihm ein Rätsel. Er hätte gerne ‚Mäuschen' gespielt. Vielleicht war ja auch Lilian anders, als wenn sie mit ihm zusammen war. Er hatte nicht die kleinste Vorstellung. Er war für diese Welt schon zu alt...

Als er wieder bei sich zu Hause war, las er noch ein wenig in seinem Brecht...

Am Sonntagvormittag kam Lilian schon zehn Minuten vor der verabredeten Zeit.

Nachdem sie ihn wie immer mit einer Umarmung begrüßt hatte, fragte er lächelnd:

„Und – wie war dein Geburtstag, Lilian?"

„Schön! Sehr schön..."

„Was habt ihr gemacht?"

Sie kam mit ihrem Rucksack hinter ihm her in sein kleines Wohnzimmer.

„Wir haben uns unterhalten. Gespielt..."

„Und worüber unterhält man sich an seinem Geburtstag?"

„Ach, über alles. Über die Schule. Über verschiedene Leute. Was sie so machen – und so was alles..."

„Hören sie dir auch zu, was *du* so machst?"

„Ach, das erzähle ich gar nicht so."

„Nein? Warum nicht?"

„Das würden sie vielleicht langweilig finden..."

„Du meinst, deine Spaziergänge und so? Oder dass du mit deinem Opa unterwegs bist?"

„Nein, *das* nicht! Nicht, dass ich mit dir unterwegs bin. Aber, ja, die Spaziergänge vielleicht schon. Ich meine, so was machen sie nicht... Sie können damit wohl bestimmt nichts anfangen..."

„Und dann lässt du es lieber gleich..."

Lilian nickte. Zögernd fragte sie dann:

„Findest ... du das schlimm, Opa?"

„Nein. Nein – so meine ich es nicht. Es ... kam mir nur bekannt vor."

„Bekannt?"

„Ja – du weißt doch, ich fühlte mich auch oft einsam in meinem Leben."

„Ach so, ja... Na ja, ich bin ja nicht wirklich *einsam*..."

„Nein, das war ich auch nicht. Aber irgendwann, Lilian. Irgendwann merkt man dann, dass man es immer nur selbst ist, der anderen zuhört. Es ist nie andersherum...“

Sie sah ihn überrascht an. Dann sagte sie zögernd:
„Ich ... habe dein Kleid mit, Opa... Es ist – es ist wirklich *wunderschön*. Es ist so schön, dass ich es ... dass ich gar nicht weiß, wann ich es anziehen soll. Wie. Wo. Ich weiß es einfach nicht. Ich würde es gerne *immer* tragen – aber ich kann es nirgendwo, nie... Ich kann es nur schön finden, mehr nicht...“
„Nie?“
„Nein – wann denn?“
„Du traust dich nicht?“
Lilian schwieg einige Momente.
„*Das* findest du jetzt schlimm, nicht wahr, Opa?“
„Nein, überhaupt nicht! Ich verstehe das doch, Lilian. Mach dir keine Sorgen. Aber – würdest du dich bei mir auch nicht trauen?“
„Bei dir?“
„Ja, ich meine, wenn wir jetzt einfach spazieren gehen würden, im Wald, bei dem schönen Wetter. Würdest du dich dann auch nicht trauen?“
Sie sah ihn an. Und plötzlich funkelte in ihren Augen eine Entscheidung.
„Doch – doch, mit *dir* würde ich mich trauen, Opa. Bei dir ja...“

„Wirklich?“, fragte er berührt.
„Aber ... erst im Wald... Wie könnte das gehen...?“
„Warte mal, ich hab doch noch ein paar Sachen... Meine Frau hatte so einen leichten Mantel. Vielleicht gefällt er dir ja. Dann könntest du ihn dir umhängen, bis wir dort sind. Ich suche ihn mal... Ja?“
„Ja...“, sagte sie skeptisch.

Er ging an den Kleiderschrank in seinem Schlafzimmer. Dort hatte er noch immer ein paar Sachen von seiner Frau aufbewahrt – vielleicht auch dies nur aus Schuldgefühl. Vielleicht aber auch, weil er in diesen Sachen seine Frau am Anfang noch wirklich geliebt hatte. Er fand den Frühlingsmantel. Er hatte eine hellbraune Farbe und sah noch immer gut aus, wenn auch wahrscheinlich völlig aus der Mode gekommen – aber das hatte ihn noch nie gekümmert.

Er kam mit ihm wieder zurück und hielt ihn hoch.

„Hier ... das ist er. Was denkst du? Reicht er für eine ‚Tarnung'? Du kannst es ehrlich sagen. Wenn du nicht willst, ist es nicht schlimm, Lilian..."

„Aber...", sagte sie überrascht. „Er – er ist ja wirklich *schön!*"

„Ja", sagte nun er völlig überrascht. „Habe ich etwas anderes behauptet?"

„Nein", erwiderte sie etwas verlegen. „Ich dachte nur ... ich dachte – –"

„Du dachtest, er würde dir nicht gefallen, weil er schon so alt ist?"

„Ja... Du findest es manchmal bestimmt schlimm, was ich so denke, nicht wahr, Opa?"

„Nein, Lilian. Ich habe noch *nie* etwas schlimm gefunden, was du denkst."

„Ist das wahr?", fragte sie fast bestürzt.

„Ja, Lilian. Das ist wahr."

„Noch ... nie?"

„Nein. Noch nie."

Sie sah ihn mit großen Augen an.

Er lächelte.

„Und wie willst du es jetzt machen?", fragte er vorsichtig.

„Ich meine, das Kleid anziehen..."

„Ja...", sagte sie wie aufwachend. „Ich – also, kann ich dein Bad benutzen?"

„Ja, natürlich. Das tust du doch sonst auch immer."
„Ja... Gut..."
Etwas verlegen ging sie ins Bad. Er wartete gespannt.

*

Als sie wieder herauskam, stand vor ihm das schönste Mädchen, das er je gesehen hatte. Er sah eine *andere* Lilian – er sah ein Mädchen, eine Lilian, die er noch nie gesehen hatte. Sie war jetzt vierzehn. Und, ja, auch sie war auf dem Wege, langsam eine Frau zu werden.

„Was ist, Opa? Gefällt es dir nicht?"
„Doch...", sagte er verwirrt, wie zurückkehrend aus weiter Ferne. „Ich hatte nicht gedacht, dass es *so* schön ist..."
„Wirklich? Findest du es auch so schön wie ich? Ich finde es nämlich *sehr* schön! Allein schon diese Ränder hier..."
Sie strich über die schöne Borte unter ihrer verletzlichen Kehle...
„Ja...", sagte er wie abwesend.
Dann reichte er ihr den Mantel, wie um sie zu bedecken.
Sie zögerte.
„Ist was mit dem Kleid, Opa...?"
„Nein, Lilian. Tut mir leid. Ich war irgendwie abgelenkt. Ich glaube, ich war selbst in den Wäldern von Nottingham Forrest..."
Sie lachte.
„Ja – so sah es aus!"
Er schämte sich – vor allem wegen ihrer vollkommenen Unschuld. Sie hatte überhaupt nicht begriffen, was er gesehen hatte.
Sie hatte den Mantel seiner Frau umgelegt und hielt ihn am Kragen geschlossen. Dann drehte sie sich ein wenig.
„Und wie sehe ich jetzt aus?"

Selbst ihr Blick war jetzt anders, berührte ihn jetzt anders. Dieses unschuldige, fragende Leuchten...

„Du siehst wunderschön aus, Lilian."

„Gut, dann ... gehen wir, Opa!"

„Ja."

Er schüttelte die Eindrücke von sich ab und versuchte, wieder zu dem vorherigen Zustand zurückzukehren. Er ging hinter ihr zur Tür, sah ihre zarte, vertrauensvolle Gestalt vor sich, die nun ins Treppenhaus trat und auf ihn wartete, bis er abgeschlossen hatte, um dann an seiner Seite zur Bushaltestelle zu gehen. Verwirrt über sich selbst ging er mit ihr die Treppen hinunter.

Draußen empfing sie die milde Frühlingssonne. Er atmete einmal tief durch. Danach ging es ihm besser.

„Hast du es denn deinen Freundinnen gezeigt?", fragte er.

„Nein. Ich wollte es erst auspacken, wenn sie weg sind. Und ich wollte, dass du es als erstes siehst..."

„Ja, aber ich kannte es doch schon."

„Aber nicht, wenn ich es anhabe."

„Ah, ich verstehe."

„Du *findest* es schön, oder?"

„Ja, Lilian..."

Sie lächelte zufrieden.

„Und – hast du deinen Freundinnen wenigstens erzählt, was drin war?"

„Nein, auch nicht."

„Und das haben sie mit sich machen lassen?"

Sie lachte.

„Es war schwer genug!"

Selbst ihr Lachen berührte ihn jetzt anders. Er musste dringend etwas tun, um wieder seinen früheren Zustand zu finden.

„Wie kamst du bloß auf dieses Kleid, Lilian..."

„Das hab ich doch gesagt, Opa! Ich habe ‚Robin Hood' gelesen. Hast du das denn schon vergessen?"

„Nein, aber warum wolltest du dann unbedingt ein Kleid haben, wie es Marian getragen haben könnte?"

„Weil mir das Buch so unglaublich gut gefallen hat. Robin Hood... Dieser gerechte ... dieser Kämpfer für Gerechtigkeit. Dieser mutige Mann. So tapfer... So *gut*, im Herzen, meine ich."

Sie lächelte verlegen.

„Ich glaube ... ich glaube, ich habe mich ein bisschen verliebt. Aber *sag* es niemandem, Opa! Vor allem nicht Mama und Papa. Anderen sagst du es ja sowieso nicht..."

„Ich würde es auch ihnen niemals sagen..."

„Dann ist gut..."

Sie hatten die Bushaltestelle erreicht, und der Bus kam auch gerade. Es war alles frei und sie setzten sich auf zwei der hinteren Plätze.

„Und dann wolltest du also aussehen wie Marian, wolltest so ein Kleid haben wie sie..."

„Ja... Findest du mich jetzt kindisch, Opa?"

„Nein, wieso? Lilian... Warum denkst du so was immer? Bitte glaub mir doch. Ich denke *nie* etwas Schlechtes von dir. Nie..."

Berührt schwieg sie eine Weile. Dann sagte sie leise:

„Du bist der *Einzige*, der nie etwas Schlechtes denkt. Jedenfalls nicht von mir."

„Deine Mama und dein Papa denken doch auch nichts Schlechtes, Lilian."

„Doch, schon. Manchmal. Und sie verstehen mich auch nicht immer. Du hast es ja selbst gesehen... Du hast mich ja sogar verteidigt! Auch so ein bisschen wie Robin Hood..."

„Aber du verliebst dich jetzt nicht auch in mich..."

70

Es sollte ein lieber Scherz sein, auch um sich selbst zu schützen.

„Nein...", sagte sie leise.

„Nein?", fragte er, weil ihm die Antwort etwas zu leise war.

„Nein", wiederholte sie lächelnd. Dann fügte sie mit sehr zarter Verlegenheit hinzu: „Früher ... als ich noch klein war ... da habe ich mir einmal vorgestellt, dass ich dich später heiraten würde..."

Die Erschütterung dieser Worte glich in seinem jetzigen Zustand einem weiteren Schlag, wie ihn ein Boxer empfangen musste, der bereits taumelte.

„Tut mir leid", murmelte sie. „Das hätte ich nicht sagen sollen. Jetzt *musst* du mich für dumm halten..."

„O Gott, Lilian", murmelte er fassungslos. „Wieso kennst du mich denn nicht... Ich kann – ich könnte das einfach nicht! Bitte glaub es mir doch... Bitte..."

„Aber ich hab es doch gespürt. Ich hab doch gespürt, dass du dir etwas denkst..."

„Ach, Lilian", bat er, wie an den Grenzen seiner inneren Kraft. „Ich dachte nur, was für ein wunder-wunderschönes Mädchen du bist... Niemand ist so wie du..."

„Das sagst du jetzt nur so. Weil du das immer sagst. Aber in Wirklichkeit fandest du mich doch eben *schon* dumm, Opa. Das *kann* man doch nur dumm finden. Du kannst es ruhig sagen."

Er senkte seinen Kopf.

„Nein, Lilian. Ich schwöre dir hiermit bei meinem Leben, dass ich es niemals tun würde. Niemals würde ich dich dumm finden. Und es ist die volle Wahrheit, wenn ich sage, niemand ist so wie du. Und das hat nichts Negatives, was du auch denken magst, es bedeutet das volle Gegenteil. Ist jemand wie Robin Hood? Nein, auch nicht. Nur er selbst. Und so ist auch niemand wie du. Lilian, bitte glaub es mir... Bitte höre auf, an dir zu zweifeln... Ich habe noch niemanden getroffen, der so ist wie du. *Du* hast so ein gutes Herz! Wieso zweifeln die guten Herzen nur immer am meisten an sich..."

Lilian schwieg betroffen.

„Opa?", sagte sie sehr leise.

„Ja?"

„Es ... tut mir *leid*!"

„Was denn, Lilian? Was tut dir leid?", fragte er betroffen über ihre innige Bitte.

„Dass ich das geglaubt hatte..."

Nun war sein Panzer völlig durchschlagen. Die Schönheit ihres Inneren strahlte mit voller Wucht in *sein* Inneres, und zum ersten Mal seit Jahrzehnten bildete sich in seiner Kehle ein Kloß – ein heißer Kloß von Rührung, der ihn daran hinderte, irgendein Wort zu sagen...

„Bist du –", fragte sie bestürzt, „bist du *trotzdem* traurig?"

Nun musste er die Hand vor seine Augen legen, fassungslos versuchte er, seine Tränen zurückzudrängen. Hilflos schüttelte er den Kopf, damit sie wenigstens *eine* Antwort hatte.

„Nein...", presste er dann hervor. Und als er sich wieder ein wenig gefangen hatte, sagte er mit belegter Stimme:

„Ich *bin* nicht traurig, Lilian! Ich bin ... ich bin so unendlich gerührt ... über dich. Über *dich*... Einfach nur unendlich gerührt. Du – –"

Er musste noch einmal aufhören zu sprechen. Er spürte ihre Betroffenheit, ihr tiefes Mitgefühl. Dann fühlte er auch noch ihre sanfte Hand auf seinem Rücken. Ach, was für ein Glück hatte er, dass der Bus meistens so leer war...

„Du", brachte er dann mühsam hervor, „du warst schon *immer* so... Und du bist einfach so geblieben! Einfach so... Ich – ich fasse es nicht, Lilian. Ich kann es nicht begreifen..."

„Aber wie denn, Opa?"

„Wie denn!", wiederholte er mit Tränen in den Augen. „Na so! So, wie sonst niemand ist, nur du! So wie Robin Hood. So wie Marian. So einzigartig. So – so unbeschreiblich..."

Wieder musste er sein Gesicht in seiner Hand bergen. Nun ließ er seine Tränen einfach fließen – vor ihr musste er sich ja nicht schämen...

„Opa...“, sagte sie bittend. „Bitte weine doch nicht...“
Er musste weinend einmal hilflos lachen.
„Es ist nicht schlimm, Lilian. Nein... Man weint auch, wenn etwas einfach zu schön ist... Weißt du...?“

Die Ratlosigkeit des Mädchens neben ihm gab ihm die Kraft, sich wieder zu fassen. Er atmete einmal tief durch. Dann sah er sie kurz an, sah ihre ganze Mischung aus Bestürzung und Mitleid und sagte beruhigend:
„Tut mir leid, Lilian...“
Sie schaute ihn noch eine ganze Weile besorgt an, während er einfach nach vorne schaute, damit sich alles endlich normalisieren würde. Dann fragte sie mit dieser lieben Besorgtheit:
„Ist jetzt wieder alles gut, Opa?“
„Ja...“
Sie schwieg nun auch für den Rest dieser Fahrt. Aber irgendetwas war geschehen. Irgendetwas blieb auch für sie ungesagt, unverstanden. Sie wagte nicht, etwas zu fragen, vielleicht konnte sie die Frage auch nicht einmal formulieren... Besorgtes, noch immer leise betroffenes Schweigen. Die Situation war im Grunde so ungeklärt wie nach einem Streit in der Familie, er spürte das...
Als sie ausstiegen, sah er an ihrem ersten Blick, mit dem sie sich zu ihm wandte, erst wirklich ihre ganze Ratlosigkeit – Unsicherheit, Mitleid, Betroffenheit. Ihr ganzer Blick sagte: ‚Wie geht es dir jetzt? Was soll ich jetzt tun?‘

Er setzte einen kräftigen Schritt zurück zur Normalität.
„So, Lilian, da wären wir. Willst du mir den Mantel gleich geben, oder wollen wir erst noch ein wenig in den Wald hineingehen?“
„Erst noch ein bisschen gehen...“

„Gut. Na komm..."

Ihn rührte jede kleinste Geste. Wie sie an seine Seite kam. Wie sie ihn von der Seite kurz ansah. Sogar wie sie den Mantel trug – der gar nicht zu ihr gehörte, der gar nicht zu ihr passte, und trotzdem *trug* sie ihn einfach. Alles an ihr war so unglaublich unschuldig.

Als sie eine Weile gegangen waren, fragte er:

„Und ... Lilian? Jetzt?"

Es gab vereinzelt andere Spaziergänger. Aber die Luft war mild, das Wetter war wunderschön. Es wurde Frühling...

Sie zögerte.

„Ich ... ich glaube, ich schäme mich doch ein bisschen..."

Sie tat ihm leid. Nun sah er wieder das Mädchen, das sich dieses Kleid so innig gewünscht hatte – um es auch anziehen zu können.

„Vor wem?", erwiderte er aufmunternd. „Vor den Leuten dort? Das brauchst du nicht. Dein Kleid ist großartig, Lilian. Und man sollte sich nie schämen, verstehst du? Nie für etwas, was man wirklich möchte... Man soll den Mut haben, zu sich selbst zu stehen. Seine eigenen Wünsche ernst zu nehmen, verstehst du? Es ist *dein Kleid*, Lilian. Und niemand kann dich hindern, es zu lieben, es zu tragen, dich darin zu zeigen, weil du es liebst. Erlaube den Leuten nicht, dich daran zu hindern, was du wirklich *möchtest*, Lilian..."

Berührt, dankbar und verlegen sah sie ihn an. Er sah noch immer ihre Scham.

Ruhig und sanft sagte er:

„Du kannst warten, bis die Leute da vorn an uns vorbeigegangen sind. Aber es werden andere kommen. Aber es ist dein Kleid, Lilian. Es ist nicht ihr Kleid. Es ist auch nicht ihr *Wald*. Es ist dein Wald, Lilian... Lilian von Nottingham Forrest. Die furchtlose Lilian. Und wie könnte sie Furcht haben? Weiß sie gar nicht, wer sie ist...?"

74

Ihn traf ihr verwunderter, tief erstaunter Blick – und dann legte sie den Mantel ab, wie in einem Traum aus Mut und dankbarer Wahrhaftigkeit, gab ihn ihm, wandte sich zum Gehen, den Leuten entgegen ... und suchte doch instinktiv den Schutz seiner Hand...

Als sie an den Leuten vorbeigegangen waren, deren Blicke sie mehr als auffällig gemustert hatten, sagte er leise zu ihr: „Natürlich ist dein Kleid auffällig, Lilian – aber das muss es doch auch. Alle anderen verstecken sich in irgendwelchen nichtssagenden Kleidern – *du* trägst etwas Wunderschönes. Aber glaub nicht, dass das alle merkwürdig finden. Und wenn – dann wäre es ihre Schuld. In Wirklichkeit beschenkst du die Leute. Mit Schönheit. Die meisten Leute, die das ‚komisch finden‘, verstehen doch selbst nicht, was sie tun. Sie verstehen nicht, dass sie sich überhaupt nie *trauen* würden, einmal so schön und mutig zu sein wie du jetzt... In Wirklichkeit brauchst du dich um die Leute gar nicht zu kümmern. Du musst dich nur um dich selbst kümmern – darum, *du selbst* zu sein... Das ist überhaupt die wichtigste Aufgabe. Immer...“

Berührt hatte sie seiner langen Rede zugehört. Er spürte ihre Rührung bis in ihre Fingerspitzen.
„Du sagst immer so schöne Dinge, Opa“, erwiderte sie leise.
„Bei dir *bekommt* man diesen Mut dann auch...“
Etwas in ihm hätte am liebsten gesagt: ‚Und jetzt lass los...‘, aber etwas anderes wollte ihre Hand so gerne weiter spüren, und so sagte er nichts, und ihre liebe Hand, die so sehr *sie* war, lag weiter in seiner...
„Warum ist das so?“, fragte sie. „Warum schämt man sich, wenn man auffällt?“
Selbst ihre Fragen rührten ihn, ihre Stimme... Er liebte sie so sehr. Er wollte ihr so gern helfen, mit allem, was er hatte. Ein ganzes Leben zog an ihm vorbei, die ganze Erfahrung und Weisheit eines gelebten Lebens – um für sie antworten zu können.

„Weißt du, Lilian...", begann er mit dieser tiefen Zuneigung, die ganz bei ihr war. „Wenn sich jemand zeigt, wie er ist... was passiert denn dann? Dann wird er sichtbar! Ist das nicht wunderschön? Es ist *so* wunderschön. Manchmal auch nicht. Und dennoch – man zeigt sich, wie man ist. Man ist ehrlich. Eigentlich ist man einfach nur ehrlich. Und dann? Dann steht man da – und ruft: ‚Seht her, so bin ich. Das bin ich...' Und viele Menschen, Lilian... viele Menschen finden das nicht in Ordnung. Weil sie es selbst nie tun, nie wagen. Und dann wollen sie auch andere daran hindern. Sie starren sie an, sie zeigen mit den Fingern auf einen, sie lachen, sie spotten, sie kritisieren. Sobald sich *einer* zeigt, schießt gleich ein ganzer Schwarm von Urteilen auf ihn nieder – Urteile von Menschen, die selbst nie wagen, etwas zu sein. Die über alles eine Meinung haben müssen, eine schlechte, weil sie *selbst* niedriggehalten wurden von Meinungen anderer. Die, die nicht zulassen können, dass jemand so ist, wie er ist, die durften *auch* nie sein, wer sie sind... Es ist alles immer nur Rache, unbewusste Rache, man könnte auch sagen Hilflosigkeit, wenn es manchmal nicht so bösartig wäre..."

Lilian brach ihr Schweigen erst nach einer kleinen Weile. Bis dahin spürte er den tiefen Eindruck, den sie empfand.
„Woher... *weißt* du das alles, Opa?"
Er war sehr froh, dass es ihr half – er spürte immer so sehr, was sie dachte, was sie fühlte...
„Ach, Lilian... Ich habe so lange gelebt. Ich habe so viel erlebt, erfahren, gesehen. Die meisten Menschen denken nicht nach. Sie leben einfach irgendwie – und lehnen ständig alles ab. Manchmal hat man das Gefühl, das Leben der Menschen besteht darin, Andere zu *verurteilen*. Wirklich. Manchmal hat man dieses Gefühl. Und wenn man sich dann fragt, warum das so ist ... ja ... dann spürt man das. Diese ganze Angst der Leute. Angst, *einmal* sie selbst zu sein. Sie sind es nie. Immer nur halb. Viertel. Achtel. Nie ganz. Aber dafür wissen sie am

besten, wie andere Leute zu sein haben und wie nicht. Das ist dann ihre Ersatzbefriedigung. Je weniger Mut, desto bösartiger die Urteile über andere. Man kann ja etwas ‚finden', aber man sollte niemanden daran hindern, zu sein, wie *er ist*..."

Das Mädchen dachte neben ihm lange nach. Dann fragte es leise:
„Und was bin *ich*, Opa? Bin ich das jetzt, in diesem Kleid?"
Sie rührte ihn so sehr. Ihre zarte Unsicherheit, ihr unschuldiges Vertrauen ... in seine Urteile.
„Lilian, du bist immer, was *du* sein willst. Das kann dir doch niemand sagen. Die meisten Leute werden dir immer *ausreden* wollen, was du sein willst, weil sie es immer besser zu wissen meinen. So wie mit diesem Kleid. Oder aber sie gehen mit einem Achselzucken daran vorbei und verstehen *immer* noch nicht, was es dir bedeutet. Das ist die andere Seite. Entweder zu viele Urteile oder überhaupt kein Interesse. *Verstehen* tut dich keiner, ich meine, wirklich verstehen. Und wenn du das erlebst, bist du natürlich verunsichert. ‚Wer bin ich?', fragst du dich. Aber, Lilian – du weißt es. Du weißt, wer du bist. Und du wirst es immer mehr wissen. Hab nur immer den Mut, das zu tun, was dein Herz dir sagt. Dann wird es dich nie belügen. Dann wird es dir *immer* sagen, wer du bist... Jetzt gerade. Heute. Morgen. Du bist, was du selbst innerlich am klarsten weißt... Wenn du dieses Kleid jetzt liebst, dann bist du die, die jetzt dieses Kleid liebt. Das ist doch schon viel! Das zu wissen? Dann noch den Mut haben, es auch wirklich zu sein. Das ist schon *sehr* viel. Und so geht es immer weiter. Immer diesen Mut haben, Lilian. Ja – jetzt bist du dieses Mädchen, dieses wunderschöne Mädchen in diesem wunderschönen Kleid. Spüre, was du liebst – und du spürst, wer du bist..."

Tief angerührt wiederholte sie leise die letzten Worte:

„Spüre, was du liebst – und du spürst, wer du bist... – Opa, du kannst immer alles *so* unglaublich schön sagen, erklären..."

„Na ja..."

„*Danke*, Opa..."

Er spürte ihre Dankbarkeit wieder bis in ihre weiche Hand...

Als wieder einmal ein Ehepaar an ihnen vorbeigegangen war, sagte sie:

„Es ist trotzdem schwer, immer angeschaut zu werden. Wie soll man das aushalten?"

Er dachte kurz nach. Dann erwiderte er:

„Konzentriere dich auf *dich*, Lilian. Achte nicht auf die anderen – das willst du doch eigentlich auch von ihnen? Dann mach nicht den gleichen Fehler. Lass sie ihren Weg gehen, und du geh deinen. Lächle ihnen freundlich zu und geh stolz deinen Weg weiter – den Weg des grünen Kleides... Ja, das meine ich wirklich, Lilian. Lass dich nicht verunsichern. Mit ‚Stolz' meine ich Selbstbewusstsein. Steh zu deinem Kleid und dass du es liebst. Mit erhobenem Kopf, mit friedlichem Schritt. So gehst du deinen Weg... Lilian, die Einzige. Verstehst du? Niemand kann dir sagen, wer du bist. Du bist die Einzige, die das kann. Lilian, die Einzige... Du kannst dieses wunderschöne Kleid mit ganzem Stolz tragen. Das bedeutet, zu sagen: ‚Es ist *mein* Kleid. Kein Blick kann meine Freude und meinen Stolz darüber trüben. Kein Blick kann mir meinen Weg abspenstig machen. Ich gehe ihn unerschütterlich...' Stolz wie eine Königin, verstehst du, Lilian? Eine Königin ist auch nur deshalb ‚stolz', weil *niemand* ihr ihren Weg nehmen kann. Sie würde selbst stolz ins Gefängnis gehen. Weil sie immer bleibt, *wer sie ist*..."

„Das ist", flüsterte Lilian, „unglaublich, Opa. Jetzt habe ich es *wirklich* verstanden... Robin Hood, Marian, diese ganzen Romangestalten, die wirklich sind, wie sie sind – sie sind eigentlich alles *Könige*! Könige und Königinnen, nicht wahr, Opa?"

„Ja, Lilian. Das sind sie. Genau wie du..."

Er spürte ihren weichen Händedruck.

Dann wischte sie sich einmal das Auge.

Zutiefst gerührt schwieg er, um sie nicht zu beschämen...

Dann sagte sie von sich aus sehr leise:

„Das ist vielleicht alles das Schönste, was ich je gehört habe, Opa... *Deswegen* musste ich ein bisschen weinen..."

Er drückte nur leise ihre Hand.

„Ja, Lilian...", sagte er dann in tiefem Verständnis.

Später kamen ihnen noch zwei Jungen entgegen. Er sah, wie sie Lilian neugierig feixend betrachteten. Als sie vorüber waren, begannen sie beide gleichzeitig zu prusten. Er spürte, wie sie zusammenzuckte. Er sah sich um – es machte kaum einen Unterschied.

„Warum hast du nichts gesagt?", fragte sie verwundet.

Voller Mitgefühl erwiderte er langsam:

„Was hätte eine Königin gesagt, Lilian...? Ich meine es ernst. Ich weiß es auch nicht. Was hätte ich sagen sollen? Sie wissen nicht, was sie tun. Wie kann man sie also davon abbringen? Wahrscheinlich gar nicht. Die Frage ist: Kann es dich von deinem Weg abbringen? Spott verletzt *immer*. Aber kann er den Weg verändern? Das ist die wichtigste Frage. Dann hätte er sein Ziel wohl erreicht, nicht wahr? Man kann den Spott nur besiegen, indem man sich von ihm nicht *beugen* lässt. Er will einen beugen, Lilian – er will einen beugen, brechen will er einen. Die Königin geht selbst durch den Spott gehobenen Hauptes. Sie erträgt *alles* – und es macht sie alles nur *noch* schöner... Verstehst du? Es ist eine innere Kraft. Die Kraft, selbst dann zu sein, wer man ist. Niemand sonst..."

„Ja...", sagte sie leise, getröstet.

„Diese Jungen", fügte er hinzu, „sind doch noch die reinsten Kinder. Sie fühlen sich schon sehr erwachsen, weil sie spotten können. Aber das ist nur ein Zeichen Pubertierender, nichts weiter. Auch sie brauchen das, um *sich* gut zu fühlen. Jeder Spott ist ein Bedeutungszuwachs. Wenn ich jemanden trete, spüre ich, dass ich Beine habe. So ungefähr ist das. Stell dir mal vor, wie *arm* das ist, wie armselig. Aber da kann man nichts machen. Man kann ihnen nur zeigen, dass es auch anders geht. Und das hast du gerade gemacht. Indem du wie eine Königin *nichts* gesagt hast. Das hat sie auch nicht geändert. Aber irgendwann einmal werden solche Erlebnisse sie ändern. Jetzt sind sie noch viel zu jung dafür. Milchbubis..." Sie musste erlöst auflachen – und damit war die Situation geheilt. Sie drückte seine Hand.

„Ach, Opa...", sagte sie glücklich.

Als sie viel später wieder zurückfuhren, legte sie den Mantel auch im Bus nicht an. Als kurz vor ihrem Ausstieg wiederum zwei Jungen zustiegen, sie sahen und sich von ihren Sitzen aus über sie amüsierten, hätte er etwas sagen können, aber er hielt sich zurück, um ihr auch diese Erfahrung zu ermöglichen. Und er spürte, wie sie sich wacker hielt, wie sie versuchte, die Jungen überhaupt nicht zu beachten, und wie sie sich weiter mit ihm unterhielt oder einfach stolz schwieg, friedlich aus dem Fenster sah. Und er war so unglaublich, so unsagbar stolz auf sie! Lilian, die Einzige...

*

Als er endlich allein zu Hause in seinem Sessel saß und, die Augen geschlossen, diesen von Empfindungen überreichen Tag noch einmal mit allen Einzelheiten vor sich sah, konnte er sich selbst kaum helfen. Wann hatte er zuletzt so viel an einem einzigen Tag empfunden? So viel, so tief? Er hätte jetzt Stunden so sitzen können – nur sitzen und den ganzen Tag noch immer erleben, wie einen Nachklang, der nie aufhörte, weil er so intensiv war, noch immer...

Mein Gott – diese Schönheit! Lilian war eine Schönheit. Sie war ein Mädchen, er sah es jetzt, er hatte es heute die ganze Zeit gesehen. Ein Mädchen... Lilian, die Einzige... In ihrem grünen Kleid. Dieses edle Kleid, das so sehr alles betonte. Ihre Zartheit, ihre Schönheit, ihre Jugend... Sie war jetzt vierzehn. Dieses Kleid hatte ihre ganze Verletzlichkeit offenbart. Ihre wunderschöne, junge Brust... Gerade das hatte dieses Kleid so unglaublich königlich gemacht – dass es alles sichtbar machte, die ganze Schönheit. Sie konnte nicht die kleinste Verletzlichkeit verstecken, alles, alles war sichtbar. Und wie sie dann den Mut gehabt hatte, dies wirklich zu *sein*! Diese wunderschöne Königin, die noch ganz ein Mädchen war, aufrichtig bis ins Innerste, bis in die Fingerspitzen, die er noch jetzt spürte...

Womit hatte er es verdient, ein *solches* Mädchen als Enkelin zu haben? Womit hatte überhaupt die ganze Welt ein solches Mädchen verdient? Sie hatte es gar nicht... Lilian war da, *obwohl* die Welt sie nicht verdiente...

Es machte für ihn nicht einmal einen Unterschied, dass Lilian das Kleid kein zweites Mal in der Öffentlichkeit anzog. Sie fragte ihn, ob er von ihr nun enttäuscht wäre – und er wiederholte, was er ihr schon so oft gesagt hatte: dass er nie enttäuscht sein würde. Dann versuchte sie, es ihm zu erklären. Einerseits schämte sie sich auch, andererseits könne man so etwas nicht wiederholen. Irgendwie wollte sie, dass es dieser einzige, einzigartige Tag bleiben würde – und er verstand es, und darüber war sie überglücklich. Sie hatte ihm dies alles in unbeholfenen Worten zu erklären versucht, er aber staunte auch jetzt wieder über ihre Reife, denn wer hätte dafür *überhaupt* Worte gefunden...

Andererseits bevorzugte sie jetzt öfter als zuvor Kleider, und diese passten so wunderbar zu ihrem ganzen Wesen. Aber sie betonten es auch, bis ins Äußere, ohne dass sie es überhaupt wollte.

So waren sie an einem Sonntag im Mai wieder auf einer Wanderung durch die von ihnen beiden so geliebte Natur, die jetzt überall und überall spross und blühte. Er fragte sich, wie lange sie noch so mitkommen würde – und wann ihr eigener Weg sie ganz woandershin führen würde, zu Partys, zu Jungen, zu was auch immer, aber nicht mehr zu ihm. Immer wenn er ihre zarte Gestalt betrachtete, ihr schönes Gesicht, ihr Haar, was auch immer, wurde er wehmütig, und dies immer mehr. Und wenn er ihre *Augen* sah, fühlte er sich immer bis ins Innerste durchdrungen, nicht von ihrem absichtsvollen Blick, sondern gerade von ihrer *Unschuld*. Mit jedem Blick ihrer Augen fühlte er sich auf schwankendem Boden, und es wurde nicht besser...

Sie strich an ein paar zarten blühenden Birkenkätzchen entlang, die an feinen Zweigen gleichsam zutraulich bis an den Wegrand reichten, und fragte:

„Opa, denkst du eigentlich manchmal an den Tod?"

„An den Tod? Nein, sollte ich? Noch tue ich das nicht."

Sie schwieg.

„Warum fragst du?"

„Nur so...", lautete ihre leise verlegene Antwort.

Er ließ es dabei bewenden, aber sie selbst sagte nach einiger Zeit:

„Ich will, dass du noch lange lebst, Opa..."

„Warum sollte ich das nicht?"

„Man weiß es ja nicht. Ich meine – niemand weiß es..."

„Denkst du denn an den Tod?"

„Nein", lachte sie verwundert. „An *meinen* nicht..."

„Siehst du? Aber – etwa an meinen?"

„Nicht direkt...", erwiderte sie ein wenig beschämt. „Aber ich denke daran, dass du ja eben schon alt bist. Ich weiß auch, dass man noch viel älter werden kann, aber trotzdem... Und ich denke dann auch daran, dass du ja nicht an Gott glaubst und das alles..."

„Du machst dir Sorgen um mein Seelenheil?"

Sie wandte sich ihm zu, obwohl sie neben ihm weiterging.

„Opa, ich meine es ernst!", sagte sie leidvoll. „Kannst du es nicht wenigstens *versuchen*?"

Nun lachte er verwundert.

„Versuchen, an Gott zu glauben?"

„Ja!"

„Wie soll das denn gehen? Versuchen..."

„Du versuchst es einfach. Du versuchst es, weil ich dich darum bitte..."

„Wenn das so einfach wäre."

„Es *ist* einfach!"

„Ach, Lilian. Wir haben doch schon darüber gesprochen."

„Ja, aber noch nicht genug!"

„Ach, Lilian, komm. Willst du mich etwa jetzt noch ändern?"

„Ja!", sagte sie leidenschaftlich. „Wenn ich könnte!"

„Das kannst du aber wahrscheinlich nicht..."

„Aber *warum* denn nicht, Opa?", fragte sie innig, und er spürte ihr Leid, ihre Aufrichtigkeit.

„Warum ist es dir denn bloß so wichtig, Kind?"

„Weil *du* mir wichtig bist, Opa!"

Ihre ohne jede Verzögerung gegebene Antwort erschütterte ihn schon ein bisschen.

„Aber du brauchst dir um mein Seelenheil wirklich keine Sorgen machen, Lilian. Außerdem kannst du, wenn ich wirklich einmal gestorben bin, für mich beten..."

„Opa, mach dich nicht lustig darüber!", bat sie leidvoll.

„Ich meine es ernst, Lilian", sagte er verwundert. „Das kannst du doch? Würde Gott das nicht hören? Von dir? Ich glaube, er könnte *dir* keine Bitte abschlagen. Aber, Lilian – *ich* kann nicht so einfach an Gott glauben. Ich glaube nicht an ihn. Das ist *mein* Glaube. Ich glaube nicht..."

„Aber wenn du glaubst, dass er mir keine Bitte abschlagen könnte – was ist das dann? Dann *glaubst* du doch schon fast, Opa!"

Zutiefst innig sah sie ihn an und war unwillkürlich stehengeblieben.

Er seufzte. Dieses Mädchen war die geborene Bekehrerin. Er musste an die Zeugen Jehovas denken. Aber sie war völlig anders. Noch viel leidenschaftlicher – und unendlich viel unschuldiger.

„Lilian – erklär mir, warum es dir so wichtig ist. Was passiert denn, wenn ich nicht an Gott glaube? Was soll denn dann passieren?"

„Dann kommst du nicht in den Himmel, Opa!", klagte sie.

„Oder vielleicht in die Hölle. Ich *weiß* es nicht!"

Ihr Leid zerriss ihm fast das Herz. Dennoch erwiderte er:

„Siehst du? Lilian? Du weißt es nicht. Warum machst du dir dann solche Gedanken? Kannst du es nicht abwarten? Oder für mich beten? Warum sollte ich in die Hölle kommen? Bin ich denn so ein schlechter Mensch? In den Himmel will ich doch gar nicht. Vielleicht gibt es ja noch etwas dazwischen." Plötzlich begann das Mädchen zu weinen. Es erschütterte ihn völlig. Und dann brach es aus ihr heraus: „Nein, Opa! Du bist kein schlechter Mensch! Nein, nein – du nicht! Wenn jemand in den Himmel kommen müsste, dann du! Aber – aber was ist, wenn man nicht an Gott glaubt? Ach, wenn ich es wüsste! Ich weiß es aber auch nicht. Es ist so furchtbar... Ich spüre, dass man an Gott glauben muss, Opa! Aber – – aber ich kann es nicht erklären!"
Und nun schluchzte sie wirklich ganz und gar hilflos, dass sein Herz wirklich brach...

Er umarmte sie – und sie schloss ihre Arme so heftig um ihn, dass er meinte, sie wolle ihn schon dadurch für immer vor der Hölle bewahren.
Als sie sich schließlich wieder beruhigte und sie ganz langsam weitergingen, sagte er sanft und mit Ernst:
„Lilian – wenn es ein guter Gott ist, kann er doch nicht nur danach gehen, ob man an ihn glaubt. Er zeigt sich doch überhaupt nicht. Wieso verlangt er es dann? Es gibt heute *so* viele Menschen, die nicht an Gott glauben – und so viele, die gute Menschen sind. Die an die Liebe glauben, an das Gute, an den Schutz der Natur, an Gerechtigkeit, an Frieden, und die sich sogar dafür *einsetzen*! Ist das alles nichts? Ich meine, sie müssten alle in den Himmel kommen. Es muss auch einen Himmel für Nichtgläubige geben. So hart *kann* Gott gar nicht sein, dass er *das* nicht sehen würde!"
Wieder musste Lilian aufrichtig aufschluchzen.
„Ja, Opa! Ja, du hast Recht. Es *kann* eigentlich gar nicht sein. Es darf nicht sein! Es kann und darf nicht sein...!"
Ihr Leid tat auch ihm so weh.

„Aber trotzdem...", klagte sie. „Trotzdem... ich wünschte mir trotzdem so sehr, dass du es *könntest*. Dass du an Gott glauben könntest, Opa. Kann ich dir dabei *gar* nicht helfen?"
Es rührte ihn bis ins Innerste.
„Warum wünschst du es dir nur, Lilian?"
„Weil ich dich so liebhabe. Und ... weil ich das spüre, was ich vorhin gesagt habe. Man ... man *muss* glauben. Man *soll* glauben. Man ... ich kann es nicht erklären."

„Aber vielleicht ist mein Weg nun einmal dieser..."
Er spürte, wie sie unmittelbar verstummte. Zu gut erinnerte sie sich an ihr Gespräch an ihrem Geburtstag.
Dann sagte sie ganz, ganz leise:
„Aber vielleicht weißt du das *auch* nicht, Opa... Vielleicht hast du auch *deinen* Weg noch nicht ganz gefunden. Ich meine ja nur..."
Es zerriss ihm wirklich das Herz, wie vorsichtig sie dies alles ausdrückte. Er hatte noch niemanden getroffen, der es so zart sagen konnte, der so zärtlich versuchte, jemanden auf einen anderen Weg zu bringen... Der sich dessen sogar fast schämte – und es trotzdem versuchte...
Dies ließ *ihn* verstummen.
„Bist du mir jetzt böse, Opa?"
Es war fast nur ein Hauch von Stimme...
Er strich ihr sanft über den Rücken.
„Nein, Lilian... Es berührt mich nur so sehr, wie du das sagst... Es berührt mich... Bist du vielleicht einer von Gottes Engeln...?"
„Nein...", erwiderte sie leise.
Nein – die Engel würden es nicht so gut machen wie sie...

„Ich weiß nicht...", sagte er schließlich ehrlich. „Ich glaube, du kannst nichts tun, Lilian. Was willst du denn tun? Sieh mal, wenn ich in diese Gottesdienste mitkomme ... nein, ich will lieber gar nichts sagen..."

„Was ist denn dann, Opa?"

„Nein, Lilian, das war keine gute Idee. Ich will dich nicht verletzen oder so etwas. Und ich will dich auch nicht enttäuschen."

„Sag es doch ehrlich, Opa. Ich weiß doch, dass du nicht an Gott glaubst."

„Ja, aber mit der Ehrlichkeit ist das so eine Sache. Du könntest trotzdem verletzt sein. Oder enttäuscht. Vielleicht beides, verstehst du? Ich sollte lieber nichts sagen."

„Aber jetzt hast du schon angefangen..."

„Wieso willst du es denn hören, Lilian?"

„Ich will einfach wissen, was du denkst, Opa. Das ist mir doch auch wichtig..."

„Und du bist stark genug, es dir anzuhören?"

Erstaunt sah sie ihn an – und er wusste, dass sie die Verantwortung spürte und ernst nahm.

„Ja..."

„Ja...", sagte er nachdenklich. Er wollte sie wirklich nicht verletzen – und auch nicht enttäuschen und auch nicht verlieren.

„Sieh mal", begann er dann, „in diesen Gottesdiensten... Ich fühle da nichts. Ich fühle da nur ... dass alle anderen ... wie soll ich sagen? Dass alle anderen sich was *vormachen*. Sich selbst und auch sich gegenseitig. Es ist manchmal ganz furchtbar für mich. Ich fühle nichts. Und ich fühle dieses Theaterhafte, dieses Illusionäre, Nichtssagende, Realitätsferne. Es erschrickt mich geradezu, ich möchte weglaufen."

Er sah, wie sie seine Worte wie Schläge eingesteckt hatte, hingenommen, tapfer... Aber nun war sie doch am Ende.

„Siehst du, Lilian – nun habe ich dir *doch* sehr wehgetan. Es tut mir leid..."

Sie konnte noch nicht sprechen – so schlimm war es also.

„Ich...", sagte er zögernd, beschämt. „*Etwas* ist für mich nicht furchtbar. Ein Einziges. Etwas hält mich dort, rührt mich tief..."

„Was denn, Opa?", fragte sie leise, noch immer tief verwundet und zugleich mit leiser Hoffnung.

„Du...", sagte er mit tiefem Ernst. „*Du*, Lilian... Du allein..."

„Ich?", fragte sie schwach. „Findest du nicht, dass ich mir *auch* etwas vormache?"

„Nein, Lilian. Du machst niemandem etwas vor. Dir nicht und anderen auch nicht."

„Was bedeutet das?"

„Dass du grundehrlich bist. Dass deine Aufrichtigkeit einen tief berühren kann..."

„Aber das nützt ja nichts..."

„Wenn du es mir irgendwann erklären kannst, Lilian. Erklären, *warum* du glaubst. Ich meine, wirklich erklären. Jetzt noch nicht. Später vielleicht. Mit fünfzehn, sechzehn, siebzehn. Aber nicht so wie die Anderen. Anders. Ich will von dir nicht dasselbe hören wie von deiner Mutter oder deinem Vater. Das würde mir wirklich nichts nützen. Aber vielleicht kannst du mir eines Tages etwas sagen, Lilian. So lange werde ich warten... Und – so lange werde ich auch leben bleiben..."

Das Letzte sollte ein sanfter Witz sein, um die Situation wieder etwas zu lösen. Aber sie war nicht wirklich getröstet – obwohl sie spürte, wie sehr er ihr bereits entgegenkam.

„Später?", fragte sie leidvoll, als empfände sie es wie ein halbes Leben.

„Ja, Lilian. Hab doch Geduld. Ich bin jetzt schon so alt, da kommt es auf zwei, drei Jahre auch nicht an. Vielleicht hast du deinen Glauben in zwei, drei Jahren schon längst vergessen. Das ist bei Jugendlichen manchmal so. Die Jugend ist ein vertracktes Etwas."

„Vergessen? Wie kann man den Glauben vergessen?"

„Im Sinne von anderen Interessen. Man hat auf einmal andere Interessen. Gott ist dann nicht mehr so wichtig. Oder man glaubt einfach auch nicht mehr."

Sie schwieg verwirrt, ungläubig... Dann sagte sie empört:

„Wenn es *so* einfach wäre, dann wäre man wirklich nicht ernsthaft!"

„Oder der Glaube verdient diesen Ernst nicht."

„Wieso denn nicht?"

„Warum tut Gott nichts, Lilian? Warum hat er noch nie etwas getan? Verstehst du, was ich meine?" Jetzt war es heraus. Er hatte sie eigentlich gar nicht mit diesen Fragen konfrontieren wollen. Aber nun waren sie ausgesprochen. Vielleicht war es auch gut so. Sie war vielleicht jetzt alt genug... Wieder schwieg sie verwirrt, angeschlagen.

„Das weiß ich auch nicht", sagte sie schließlich leise. „Mama sagte, die Menschen sind die Helfer Gottes. So wie ja auch der Weihnachtsmann seine Helfer braucht – obwohl *der* natürlich nicht wirklich existiert. Aber verstehst du?"

„Ja, ich verstehe. Aber warum lässt Gott trotzdem alles zu? Ich meine, das Dritte Reich. Millionen tote Juden. Dann Afrika, Irak, Syrien. Ruanda. Die Kolonialzeit, die Indianer, die Inkas. Immer Millionen Tote. Sinnlos – sinnlos und furchtbar. Und die Helfer Gottes? Wie viele Millionen wurden mit Gewalt bekehrt? Und wenn sie nicht wollten, umgebracht? Die Inquisition? Die Hexenverfolgungen, verbrannt, gefoltert, Mädchen und Frauen, bloß weil jemand sagte, sie haben den ‚bösen Blick'. Nein, Lilian – ich kann nicht an einen Gott glauben, in dessen Namen all das passiert ist. Und auch nicht an einen Gott, der all das zulässt..."

Er spürte ihr bestürztes Schweigen. Und es tat ihm so leid... Er wollte schon etwas hinzufügen, da sagte sie leise:

„Ja, du hast Recht..."
Fast bestürzt erwiderte er:
„Ich habe Recht? Was meinst du?"
„Das kann man nicht verstehen", sagte sie in tiefem Leid.
„Ich muss darüber nachdenken..."
Betroffen verstummte er. Fast spürte er eine Schuld. Einen Fehler. Eine Art Sünde. Die ganze Schönheit des Frühlings war sinnlos, wenn die Schönheit neben ihm Trauer trug... Suchend nach einem Trost ging er schweigend neben ihr, fühlte eine Art nie gekannte Last.
Da fragte sie schließlich nach einer ganzen Zeit leise:
„Und wie ist es mit der *Seele*, Opa? Glaubst du auch an die Seele noch immer nicht? Ich meine – nur die Seele..."
Es war so rührend, wie sie fragte – so hilflos, so verletzlich, mit so einer zarten, fast bittenden Hoffnung...
Es war ihm nicht mehr möglich, sie noch einmal zu enttäuschen. Nicht, wenn sie *so* fragte. Lieber hätte er sich die Zunge abgeschnitten. Als er darüber nachdachte, rührte ihn etwas *unendlich* tief... Aber da unterbrach sie ihn schon und flüsterte fast nur noch:
„Also auch nicht, nicht wahr..."
„Lilian – –"

„Es ist ja *meine* Schuld", sagte sie nun klagend, beschämt. „Ich habe ja selbst gesagt, ich wäre stark genug. Es war mein Fehler, Opa. Bitte verzeih mir! Ich sag schon nichts mehr..."
Und nun schwieg sie mit einer zarten Leidenschaft, die allen Schmerz ganz allein auf sich nahm, dass es ihn wirklich bis ins Innerste traf...
Er fühlte Tränen in seinen Augen. Glaubte er an eine Seele? Nein, er tat es nicht. Aber wenn er sie ansah, wenn er ihr zuhörte, wenn er mit ihr sprach ... dann war alles so erfüllt von – ja, von was... Er musste sich die Augen wischen.
„Opa?!"

Wieder war seine Abwehr durchschlagen – er musste stehenbleiben...

„Opa... Was *ist* denn...?"

Mit aller Kraft vermied er ein Schluchzen. Stattdessen brachte er mühsam seine Worte für sie hervor...

„Lilian... Du weißt – dass ich – zu dir immer ehrlich sein will. Und – und ich will dich – aber nie verletzen... Du... Ich weiß nicht, ob ich an eine Seele glaube. Ich – ich *sehe* sie nur, wenn ich dich anschaue... Dann sehe ich sie... Ich kann es nicht erklären. Ich sehe sie bei niemandem sonst. Aber bei dir... Bei dir bleibe ich, wenn du in die Kirche gehst. Bei dir sehe ich das, wonach du mich fragst. Aber bitte frag mich nicht weiter, Lilian... Ich wüsste nichts zu antworten. Aber – ja – *wenn* jemand eine Seele hat, dann *du*..."

Das Mädchen schaute ihn mit großen, großen Augen an – die sich nun auch mit Tränen füllten. Fassungslos sah er es. Aber da umschlang sie ihn schon in einer stillen Umarmung, die ihn trösten sollte, dabei war sie selbst bis ins Innerste gerührt...

Verlegen ‚befreite' er sich schließlich sanft, dann gingen sie in einem stillen, verletzlichen, aber tiefen Frieden weiter.

Und schließlich sagte sie leise:

„Ich will *gern* dein Engel Gottes sein, Opa... Ich werde es dir ganz bestimmt irgendwann erklären können. Vergiss solange nicht, dass es eine Seele gibt... Ich bin irgendwie so glücklich..."

Er glaubte es nicht mehr nicht. Er glaubte gar nichts mehr. Ein weiterer Boden unter ihm schwankte. Er wusste nicht einmal mehr, was der Unterschied zwischen diesem Mädchen und einem Engel war... Fortwährend schien irgendein anderes Reich einbrechen zu wollen. Alles an ihr berührte ihn unsäglich...

Es war ein besonders heißer Tag. So heiß, dass alle mitkamen – und sogar versprachen, ins Wasser zu gehen. Lieber wäre man erfroren, als in der Hitze zu vergehen. So fuhren sie also zu fünft an einen der Abkühlung versprechenden Seen.

Während sein Schwiegersohn fuhr und er darauf bestand, keine Sonderrolle zu haben – seine Tochter sollte nicht nur wegen ihm auf den Beifahrersitz verzichten –, saß er hinten, Martin saß auf der anderen Seite, und Lilian nahm mit der Mitte vorlieb. Sie freute sich sehr auf den gemeinsamen Ausflug – wie sie überhaupt immer am meisten fühlte, weil sie diese besondere Seele hatte...

Sie trug ein leichtes Sommerkleid, das den Rand ihrer Knie freiließ. Er wollte gar nicht dorthin schauen, aber seine Augen erzwangen sich ein paar Mal den Weg an diese Stelle: ihre wunderschönen, jungen Knie, wo das Kleid aufhörte, oder anfing, je nachdem, wie man es betrachtete. Dann das Kleid selbst, so leicht, man spürte ja die ganze junge Haut noch darunter... Er schaute auf der Fahrt mehr aus dem Fenster als alles andere...

Während am Waldparkplatz angekommen alle Anderen aus dem Wagen stiegen, sprang sie freudig aus dem Wagen und strahlte vor Freude, als wolle sie der Sommersonne noch Konkurrenz machen – was ihr mühelos gelang.

Er nahm seiner Tochter den Picknickkorb ab und brachte Martin dazu, an der anderen Seite mit anzufassen – nicht, weil er besonders schwer war, sondern um ihm einfach beizubringen, immer auch etwas zu tun. Lilian trug immer von sich aus etwas...

„Das ist doch so ein schöner Tag!", jubelte Lilian und drehte sich selbst mit der Kühlbox einmal um ihre eigene Achse.
„Etwas *zu* heiß, für meinen Geschmack", sagte Susanne.

„Mama, hast du die Würstchen mit?", fragte Martin.
Er liebte Würstchen im Glas.
„Pfui, Martin!", sagte Lilian. „Das waren mal *Tiere!*"
„Ist mir doch egal. Sie schmecken eben einfach."
„Lilian, jeder muss selbst entscheiden."
Das war sein Schwiegersohn. Er sah, wie Lilian unmittelbar
verstummte. War es doch das, was auch er ihr beizubringen
versuchte – für sich selbst zu stehen. Dann aber musste man
auch jeden anderen so sein lassen, wie *er* war. Oder nicht?

Als sie am See angekommen waren, waren sie alle bereits
fast schweißgebadet. Sie breiteten gemeinsam die Picknickdecke und die übrigen Dinge aus. Lilian war ein wenig halb-
herzig bei der Sache.
„Wir können ja wieder eine Wette machen, wer von euch
beiden zuerst im Wasser ist!"
Das war wieder Norbert, sein Schwiegersohn. Er meinte die
beiden Kinder. Normalerweise hätten sie sich jetzt um die
Wette ausgezogen, um dann ihre Furchtlosigkeit vor dem kal-
ten Element zu beweisen. Nun aber sagte Lilian:
„Ich möchte erst noch mit Opa um den See gehen. Es ist so
schön..."
„Was?", fragte Susanne verwundert. „Was ist schön? Die
Hitze?"
„Nein – einfach so... Ich möchte es eben."
„Das verstehe, wer will", kommentierte Susanne. „Na gut –
jeder nach seinem Geschmack. Ich gehe jetzt jedenfalls erst-
mal ins Wasser."
„Ich auch", sagte Martin. „Und dann bin ich *Erster.*"
„Ja, du bist Erster", sagte Lilian.

Er brach an ihrer Seite mit ihr auf – und er fühlte sich wie
geehrt durch ihren Wunsch, obwohl er nicht wusste, was sie
auf dem Herzen hatte. Doch *dass* es etwas gab, was sie mit
ihm besprechen wollte, war ihm deutlich.

Er fühlte die ganze Vertrautheit, als sie so schweigend nebeneinander gingen, bis sie langsam außer Sichtweite des kleinen Badeplatzes kamen, den sie wie schon so oft wieder gewählt hatten. Und er fühlte so eine tiefe Zuneigung...

„Opa?"

Ihre sanfte, liebe Stimme, immer so unsicher...

„Ja, Lilian?"

„Ich ... ich wollte mit dir nicht einfach nur so spazieren gehen. Ich wollte dich etwas fragen..."

„Ja", lächelte er. „Das weiß ich doch..."

Erstaunt sah sie ihn an.

„Wirklich? Woher weißt du das?"

„Ach, Lilian...", sagte er mit einem plötzlichen Moment der Wehmut. „Ich kenne dich inzwischen *so* gut. Ich weiß doch, wenn dir etwas auf dem Herzen liegt..."

„Ja?", erwiderte sie verlegen. „Das weißt du also immer...?"

„Ja."

Sie schwieg einen Moment berührt. Dann sagte sie leise: „Siehst du... Sonst weiß das immer niemand..."

Er fühlte den Impuls, ihr zu sagen, dass doch auch ihre Eltern sicherlich oft sehen würden, wenn es so etwas gab – aber er fühlte auch das Unehrliche darin, die bloße Floskel. Und so sagte er stattdessen tröstend, sanft:

„Und, Lilian ... was ist es denn?"

Sie sah ihn einmal zögernd an – mein Gott, sie war so zart, so verletzlich!

„Vorhin... Weißt du...?"

Jetzt war es ihm völlig klar. Natürlich...

„Ja..."

Er spürte, wie tief es sie beschäftigte, wie sehr sie damit rang.

„Und ich wollte dich fragen, Opa, wie das *ist*... Wie *ist* das denn? Kann man das so sagen?"

Es riss an seinem Herzen, es berührte ihn so tief, immer wieder – wenn etwas so sehr auf *ihrem* Herzen lag, wenn er sie so verzweifelt, so ratlos, hilflos, ringend sah. Er konnte sich nicht erinnern, dass ihn in seinem Leben je etwas anderes so berührt hatte wie dieses Mädchen und alles, was mit *ihm* zu tun hatte, was *ihr* auf der Seele lag. Auf der Seele!

„*Was*, Lilian – was kann man wie sagen?", fragte er voller Mitgefühl.

„Dass es jeder selbst entscheiden muss!", brach es innig aus ihr heraus. „Das mit der Wurst meine ich! Ich meine – die Tiere können doch auch nicht selbst entscheiden!"

Nun war sie ganz und gar Verzweiflung, nein Innigkeit, Leidenschaft, sie war leidenschaftliche, zarte Kämpferin für die *Tiere*.

Und dann begann sie tatsächlich zu weinen. Sie musste aufschluchzen... Und bevor er etwas tun konnte, presste sie inmitten ihrer Tränen hervor:

„Tut mir leid, Opa! Aber – aber – ich weiß nicht, was ich fühlen soll! Die Tiere – tun mir – so leid! Sie werden einfach – einfach *gegessen* und – und vorher – und vorher – –"

Sie konnte nicht mehr weiter. Sie blieb stehen und weinte hilflos, und er nahm sie zärtlich in den Arm und führte sie an den Wegrand, der von Baumstämmen eingefasst war, und sie setzten sich hin. Einige Spaziergänger schauten voller Mitgefühl auf das weinende Mädchen...

Sie beruhigte sich langsam wieder, weil sie sich ihrer Tränen auch schämte, das wusste er, und selbst das rührte ihn und tat ihm leid. Aber sie sagte voller Leid:

„Es tut mir wirklich leid, Opa... Ich wollte eigentlich gar nicht weinen. Heute ist so ein schöner Tag... Und du ... und du findest es bestimmt auch nicht besonders schön, wenn ich plötzlich so weine..."

„Ach, Lilian. Wieso kennst du mich denn noch immer nicht? Jeder Moment mit dir gehört zu den schönsten meines Lebens. Und es ist völlig egal, ob du lachst, ob du weinst, ob du

gar nichts machst. Wenn du weinst, berührt auch mich dies so unendlich. Bitte mach dir nie wieder Sorgen – nie *darüber*... Ich liebe dich wirklich, Lilian..."
Dankbar sah sie ihn an – so dankbar, so getröstet, so geborgen. Dann sagte sie leise:
„Ja, Opa... Siehst du? Auch *das* hast du schon so oft gesagt. Und ich sage meins auch immer wieder. Auch das tut mir leid!" Sie lachte einmal hilflos. „Ich entschuldige mich immer wieder! Aber ich verspreche dir, Opa, dass ich jetzt versuchen werde, es nicht mehr zu vergessen. Ich *will* dir ja vertrauen. Und ich tue es auch. Ja, ich tue es jetzt auch! Ich vertraue dir jetzt wirklich, Opa..."
Selbst dieses zarte, unschuldige Ringen rührte ihn so unendlich... Er strich ihr einmal tröstend über den Rücken.

„Aber", sagte sie nun leise, wieder an ihre leidvolle Frage anknüpfend, „wie *ist* es denn nun damit, Opa? Die Tiere können auch nicht selbst entscheiden. Dürfen wir Menschen einfach über *sie* entscheiden? Das geht doch auch nicht! Kann man es dann so sagen?"
Er spürte die ganze Schwere, die ihre Frage für *ihre* Seele hatte. Und leise schämte er sich, dass es für ihn nicht die gleiche Schwere war, ja dass doch auch er Fleisch aß und sich keine Gedanken darüber machte.
„Du fragst *mich*, Lilian?", erwiderte er leise, verwundert. „Obwohl du weißt, dass auch ich Wurst und Fleisch esse?"
„Ja, Opa... Ich frage dich trotzdem. Weil ich weiß, dass ... dass du mich verstehst. Und weil ich weiß, dass ... dass du nicht nach *dir* gehst..."
Diese Antwort erschütterte ihn wirklich. Daran hatte er noch nie gedacht. Was für ein unendlicher Vertrauensbeweis dieses Mädchens...

Er dachte eine Weile nach, während er ihre zarte Gegenwart neben sich spürte, die ganz aus Frage zu bestehen schien,

Frage und reiner Unschuld. Wieder sah er ihre Knie – sie war so unglaublich unschuldig, so schutzlos...

„Gehen wir ein bisschen, Lilian...", fragte er.

Und sie stand mit ihm auf und ging an seiner Seite...

„Sieh mal ... du kannst ja niemanden zwingen, kein Fleisch zu essen."

„Ja", sagte sie leidvoll. „Aber darum geht es doch auch nicht. Ich meine, kann man sagen: Das muss jeder selbst entscheiden? Kann man *das* sagen?"

„Darauf läuft es dann doch hinaus, Lilian..."

„Aber es ist nicht das Gleiche!"

Sie schwieg einige Schritte. Dann fuhr sie leidenschaftlich fort:

„Es ist wahr, dass man niemanden zwingen kann. Aber ist es auch wahr, dass jeder selbst entscheiden muss? Dann müssten die Tiere *auch* selbst entscheiden dürfen..."

Nun verstand er den Unterschied. Ihre Logik. Ihre zwingende Logik – weil sie wahr war.

„Ja, aber das erlaubt man ihnen eben nicht."

„Aber *warum* nicht? Warum erlaubt man es jedem, nur ihnen nicht?"

„Weil sie eben keine Menschen sind."

„Weil sie keine *Menschen* sind?", fragte sie gequält. „Nur weil sie keine Menschen sind? Aber was ist denn mit den Menschen? Dürfen die Menschen denn alles? Und darf alles andere nichts? Wie können Menschen entscheiden, dass sie Tiere quälen und *essen*?"

„Ja", sagte er langsam, „das weiß ich auch nicht... Sie tun es einfach... Ich ja auch."

„Aber du sprichst wenigstens mit mir. Du hörst mir zu, du ... du gibst dir Mühe, mich zu verstehen..."

Er schämte sich, dass das schon viel für sie war – und dass sie glaubte, er gebe sich Mühe. Gab er sich Mühe? Mühe, sie zu verstehen?

„Lilian ... ich glaube, man hat die Tiere in dieser Hinsicht einfach vergessen. Man hat sie noch *nie* gefragt...“
„Ja, Opa... Aber das ist doch gerade der Fehler. Oder nicht?“
„Ja, vielleicht.“
„Und, ich meine, Tiere haben doch *auch* eine Seele...“
„Tiere?“
„Ja. Opa, du liebst doch die Natur so sehr. Warum denn nur? Ich habe doch so viel von dir gelernt. Wie alle Tiere und Pflanzen heißen und wo sie leben und all das. Wie konnte ich das von dir denn lernen? Hast du denn einem Eichhörnchen noch nie in die Augen geschaut? Oder einer Kuh? Einem Schwein? Allen Tieren, die für uns sterben? Wenn du einmal *einem* Tier in die Augen geschaut hast, kannst du doch nie wieder zweifeln, dass sie *auch* eine Seele haben, Opa...!?“

Ihre absolute Unschuld, ihre unsägliche Liebe zu den Tieren, ließ erneut einen Boden unter ihm wanken. Wenn er es ehrlich mit ihr meinte, wenn er wollte, dass sie sich weiter von ihm verstanden fühlte, durfte er das nicht abtun. Es konnte auch ein Punkt kommen, wo sie sich *nicht* mehr verstanden fühlte...
„Es war für die Menschen immer normal, Tiere zu töten...“, sagte er nachdenklich. „Mein Onkel war sogar Fleischer.“
„Also du verteidigst es jetzt auch?“, fragte sie mit leiser Bestürzung.
„Nein, Lilian“, erwiderte er schnell. „Ich denke nur laut nach. Ich denke nur laut nach darüber, wie es immer war...“
„Du hast mir“, sagte sie fast bittend, „einmal sogar selbst gesagt: Es spielt keine Rolle, wie es ‚immer war‘. ‚Das sagt gar nichts‘, hast du gesagt...“
Er lächelte – und er erinnerte sich an den Tag.
„Ja, Lilian, und das stimmt, das weißt du. Es stimmt immer.“
„Also stimmt es doch auch *hier*!“, sagte sie innig.
„Ja, es stimmt auch hier“, bestätigte er nachdenklich. „Es spielt keine Rolle, wie etwas ‚immer war‘...“

„Das heißt, die Menschen *müssen* an die Tiere denken! Sie *müssen* darüber nachdenken, was sie ihnen antun. Und sie müssen endlich verstehen, dass auch die Tiere eine Seele haben!"

„Ja, siehst du – da beginnt das Problem wahrscheinlich. Dass sie es ja noch nicht mal bei sich selbst verstehen." Lilian dachte in ihrem ganzen Leid darüber nach. Dann sagte sie mit ihrer zarten Leidenschaft: „Vielleicht ist es ja auch *umgekehrt*. Vielleicht würden sie es bei sich verstehen, wenn sie es bei den Tieren verstehen würden..."

Diese Antwort erschütterte ihn um so mehr, als er seine eigenen Worte nur halb allgemein gemeint und halb auf sich bezogen hatte. Nun sprach sie hier von einem Weg, die Seele zu verstehen – was *auch* ein so inniger Wunsch von ihr war, in Bezug auf ihn...

„Wenn sie es bei den Tieren verstehen würden?", wiederholte er nachdenklich.

„Ja! Bei den lieben Tieren! Warum sieht man denn nicht, wie *lieb* die Tiere sind? Dass sie sich sogar töten lassen? Und quälen lassen? Alles ohne – ohne dass es sie wollen! Und trotzdem – trotzdem – –"

Ihre Augen waren wieder mit verzweifelten Tränen gefüllt, und sie konnte nicht weitersprechen.

Einen Moment lang hatte er ein Bild von ihr – das Bild eines unendlich schönen Engels, der seine Hand über die Tiere hielt, um sie zu beschützen, seine unendlich liebende Hand...

Dieses Bild, das er nicht einmal festhalten konnte, erschütterte ihn dennoch so, dass es für ihn eine Art Tür öffnete, eine Art tieferes Verständnis – vielleicht das erste Mal ein *wirkliches* Verständnis für sie, dieses Mädchen, das ihm so sehr teuer war...

Und als sie ihn dann noch mit dieser unendlichen Hoffnung ansah – mit dieser unbeschreiblichen Hoffnung, derer sie sich nicht einmal bewusst war und die dennoch hoffte, dass wenigstens *ein* Mensch sie verstehen würde, und obwohl dieser Moment nur einen Augenblick lang dauerte und sie dann in all ihrer unendlichen Bescheidenheit bereits wieder weiterging, da war es um ihn geschehen. Diese allertiefste Verletzlichkeit hatte seine Unverletzlichkeit völlig zerbrochen und in Schutt und Asche gelegt. Und in seinem Herzen brach etwas auf, das nie wieder sterben würde...

„Mitleid mit den Tieren, nicht wahr, Lilian...“
Er flüsterte es fast nur.
„Ja...“
Auch sie flüsterte es fast nur, noch halb immer noch sich unendlich einsam fühlend, halb sich unendlich verstanden fühlend. Und dies war der letzte Tropfen – der letzte Tropfen ihrer unsäglichen Liebe, die auch sein Herz zum Überlaufen brachte. Nun *verstand* er sie, wirklich ganz...

„Ich werde kein Fleisch mehr essen, Lilian“, sagte er leise.
Erstaunt, fast bestürzt sah sie ihn an.
„Aber das *meinte* ich gar nicht, Opa! So meinte ich es gar nicht...“
Ihre unschuldige Ehrfurcht vor seinem eigenen ‚Weg‘ rührte ihn fast zu Tränen. Er brauchte seine ganze Beherrschung, um ihr stattdessen zu antworten.
„Aber *ich* meine es, Lilian. Du – du hast mir eben etwas gezeigt, was du immer wolltest. Ich ... ich habe es verstanden. Ich habe dich vielleicht zum ersten Mal wirklich *verstanden*, Lilian...“
Ungläubig sah sie ihn an.
„Du hast –“, stotterte sie, „du hast es ... du hast mich ... verstanden? Du verstehst die *Tiere*...?“
Er nickte, jetzt doch unfähig, noch ein Wort zu sagen, als er ihre Bestürzung sah.

Sie war zutiefst gerührt und konnte es aber noch immer nicht glauben, zu umwälzend schien es ihr.

„Du...", fragte sie stockend weiter, „hast *Mitleid*? Du fühlst, dass die Tiere *auch* eine Seele haben?"

„Ja", sagte er leise. „Jetzt, in diesem Moment, fühle ich es, Lilian... Ich weiß nicht, was gleich sein wird, aber *jetzt* fühle ich es..."

„Dann *behalte* es, Opa!", sagte sie bittend, mit der größten Innigkeit, die er je an ihr erlebt hatte. „Bitte... Bitte verlier es nicht wieder! Das kann man doch nicht wieder verlieren...?"

Sie wusste nicht, was man alles wieder verlieren konnte. Aber ihr inniges Herz half ihm, die Wege zu suchen, es sich einzuprägen, hoffend, dass es eine Art Unauslöschlichkeit geben möge...

„Und...", fragte sie nach einigen Momenten scheuen Wartens unendlich zart.

„Ich versuche es, Lilian", sagte er sanft. „Ich versuche es, dies für immer zu bewahren. Wenn ich es nicht schaffen sollte, wirst du mir helfen, das weiß ich..."

Und wenige Augenblicke später wurde er wieder völlig von ihrer weichen, glücklichen Hand überrascht...

Ohne dass sie darüber sprechen mussten, gingen sie trotzdem nicht zurück, sondern einmal ganz um den See herum. Es musste nichts mehr gesprochen werden, es war die Schönheit des Schweigens, in dem bereits alles gesagt war...

*

Als sie sich wieder der kleinen Badestelle näherten, ließ Lilian seine Hand kurz zuvor sanft wieder los. Er hätte meinen können, dass sie sich schämte – aber selbst wenn es so wäre, war sogar diese Geste, dieses Loslassen, so zart, dass er auch davon niemals enttäuscht sein konnte, dass er sogar *dieses* Zarte ganz und gar lieben musste.

Alle anderen saßen bereits in Badekleidung und mit nassen Haaren erfrischt auf der Picknickdecke. Und Susanne, die sie erblickte, sagte:

„Na – habt ihr endlich euren langen Spaziergang hinter euch? Ihr seht ja aus wie zwei Verliebte!"

Das war wieder eine völlig unpassende Bemerkung. Aber Lilian lächelte ihn nur schüchtern an, was im Grunde wie ein völliges Eingeständnis wirkte. Susanne sah sie beide dann auch verblüfft an und fragte:

„Habe ich etwas verpasst?"

Wieder sah Lilian ihn schüchtern an und überließ das Reden ihm. Aber er hatte nicht die geringste Lust, die Wahrheit auf einem Teller zu präsentieren, der doch nicht verstanden werden würde. Dafür war es alles zu kostbar.

„Ja", sagte er daher nur. „Du hast etwas verpasst."

Nun war seine Tochter wirklich neugierig geworden.

„Und was?", fragte sie lauernd.

„Etwas sehr Wesentliches. Etwas, wofür man auf das kühle Nass hätte verzichten müssen."

„Na, dann war das nichts für mich."

„Nein."

Nun schaltete sich ihr Vater ein.

„Und ... ist das jetzt ein Geheimnis, oder was?"

Er sah seinen Schwiegersohn an.

„Norbert, man geht nicht in dieser Hitze um den See, um dann alle Welt gleich wissen zu lassen, was man besprochen hat. Es hat schon seinen Grund, dass man manchmal *alleine* mit jemandem geht..."

Nun krähte Martin, um seine Schwester zu ärgern:

„Lilian und Opa haben ein Geheimnis!"

Er fühlte sich nicht wohl mit alledem, zumal es tatsächlich etwas war, was alle anging. Aber die Situation ließ es gar nicht zu, darüber zu sprechen. Er jedenfalls sah keine Möglichkeit.

„Es ging auch um dich, Martin!", sagte Lilian nun.

„Was – um mich? Wieso? Was habt ihr besprochen?", fragte der Junge jetzt empört.

Nun wagte Lilian die Flucht nach vorn.

„Wir haben einfach nur darüber gesprochen, wie es ist, *Fleisch* zu essen!", sagte sie innig.

„Ach soo – das...", sagte Martin.

Er sah, wie sich auch die beiden Erwachsenen entspannten. Ihre Neugier war befriedigt, ihre Reaktion die gleiche wie die des Jungen. Er sah, wie Lilian darunter gleichsam zusammenzuckte. Er hätte jetzt gern eine kämpferische Antwort gegeben, die ebenso leidenschaftlich gewesen wäre wie Lilian selbst – aber dann wäre der ganze Tag gelaufen, und das wollte er ihr erst recht nicht antun. Also sagte er:

„Es muss jeder selbst entscheiden, nicht wahr? Ich esse jetzt auch kein Fleisch mehr."

„Du?", kam es fast gleichzeitig aus Susannes und Norberts Mund.

„Ja, ich. Ist daran irgendetwas Besonderes? Hat jemand Einwände? Dann spreche er jetzt oder schweige für immer."

Susanne wandte sich grinsend an ihren Mann.

„Sie sind doch verliebt, merkst du...?"

„Ja, sind wir!"

Das war Lilian. Sie wagte auch hier die Flucht nach vorn. Er fing ihren schüchternen Blick auf – in ihm lag gleichzeitig die Hoffnung, dass sie nicht zuviel gesagt hatte, dass auch dies ihr stilles Einverständnis war. Er war von der Situation so überwältigt, dass er fast nicht reagieren konnte, und doch sagte ihr sein Blick, dass sie nichts Falsches gesagt hatte.

„Na, dann ist ja gut", erwiderte Norbert sichtlich verwirrt – er verstand nun kaum noch etwas.

„Ich wusste es ja immer schon", sagte Susanne. „Das ist jetzt aber nichts Neues, oder?"

„Neu ist nur, dass ich kein Fleisch mehr esse", bestätigte er.
„Okay – dann ist ja jetzt alles klar. Für dich habe ich die
Würstchen auch nicht mitgenommen."
„Und geht ihr *jetzt* wenigstens ins Wasser?", fragte Norbert.
„Natürlich", sagte er. „Oder, Lilian?"
„Ja, natürlich!"
Damit waren sie wieder im Kreis angekommen und ange-
nommen. Einen merkwürdigen Verlauf hatte es genommen.
Er brauchte nur seine übrigen Kleider auszuziehen, um fertig
für den See zu sein. Lilian hatte ihr Schwimmzeug nicht bereits an. So kleidete sie sich mit Hilfe eines großen Hand-
tuchs um. Sein Blick blieb kurz an ihr hängen – wie sie in
größter Unschuld und auch zarter Verlegenheit versuchte, ihre normale Kleidung gegen einen Bikini einzutauschen. Bisher hätte er einfach wieder weggeschaut. Das tat er auch diesmal. Dennoch berührte ihn die Zartheit ihres Mädchenseins
diesmal unendlich...
Als sie dann vor ihm stand, wissend, dass sie mit ihm die
Einzige war, die jetzt ins Wasser ging, rührte es ihn wieder.
Er bemühte sich, nicht auf ihre zarte *Gestalt* zu schauen, ihre
wunderschöne, anbrechende Jugendlichkeit, und wollte ihr
voran ans Ufer gehen. Da sagte sie:
„Opa, ich möchte reinspringen! Mit dem Seil..."
Auch an dieser Stelle hatte jemand vor langer Zeit ein langes
Seil an einem Baum angebracht, an dem man sich in das Wa-
sser schwingen konnte. Auch sie hatten das hier schon oft ge-
macht.

Er sah, wie sie stehengeblieben war.
„Das geht nicht", sagte er. „Du musst dich wenigstens vorher
nass machen. Man kann davon einen Herzinfarkt kriegen."
Auch das wusste sie – auch das hatte er schon oft gesagt. Und
so ging sie gehorsam ans Ufer, ging bis auf Kniehöhe hinein

und benetzte ihren Körper mit dem Wasser. Dann kam sie wieder heraus, stand nass und tropfend vor ihm...

„Jetzt?"

„Ja, jetzt kannst du..."

„Aber du musst mich schwingen!"

„Das kannst du doch selbst."

„Aber noch mehr. Mit Anschwung. Wie früher – weißt du nicht mehr?"

Doch, natürlich wusste er das noch... Fast ein wenig hilflos ging er mit ihr mit zu dem Seil und stellte sich hinter sie. Sie streckte ihre Arme hoch und fasste das Seil so weit oben, wie sie konnte. Ihr ganzer Körper streckte sich mit – und sie war so voller Vertrauen, Unschuld, Lebensfreude...

„Jetzt, Opa..."

„Gut, Achtung..."

Er fasste ihre Lenden, spürte ihre Beckenknochen, ihre zarte, warme Haut, und hob diesen zarten Mädchenkörper dann nach hinten, so hoch er konnte – sehr hoch ging es gar nicht – und dann gab er ihr wieder so viel Schwung, wie er konnte ... und ihr Haar flog im Wind, als sie über den See schwang und mit einem Aufjauchzen losließ und in das Wasser fiel, pure, tiefe Lebensfreude...

Er hatte in diesem einen Moment alle Jahre wieder gesehen – alle Jahre, von dem kleinen Mädchen, der Wasserratte, bis zu dem immer größer werdenden Mädchen, das *immer* diese Lebensfreude behielt, immer diese Unschuld, immer alles – und nur eines wurde anders, immer größer: ihre Schönheit...

Er musste sich davon losreißen. Die beiden anderen Erwachsenen konnten schließlich, wenn auch begrenzt, Gedanken lesen, Gefühle sicher auch...

Er ging also ihr nach in das Wasser, benetzte ebenfalls kurz seinen alten Körper, und tauchte dann in das Nass ein. Es war kalt, aber es tat gut, es war so erfrischend.

„Das war toll, Opa! Nochmal!"
„Nein, jetzt machst du es allein, Lilian. Ich kann nicht immer da stehen. Ich will ja auch mal schwimmen. Jetzt bin ich schon drin..."
Wären sie allein gewesen, hätte er sie stundenlang in das Wasser werfen können, immer wieder ihren zarten Leib umfassend, so lange, wie sie es gern hatte...
„Bist du schon einmal bis zum anderen Ufer geschwommen, Opa?"
„Das weiß ich nicht – nein, hier glaube ich noch nie."
„Wollen wir?"
„Schaffst du das?"
„Natürlich!"
„Gut. Dann machen wir das."

Und dann schwammen sie einmal einfach über den See – einfach so. Auch jetzt schwiegen sie beide. Er hörte nur ihren Atem, sah ihre schönen, ruhigen, wenn auch etwas angestrengteren, kürzeren Bewegungen, und genoss diese Zeit mit ihr. Zeit! Was war doch jeder Moment mit so einem Mädchen wert, wie unendlich kostbar war das alles...
Nur einmal sah sie kurz zu ihm hinüber und lächelte freudig und leise verlegen zugleich. Dann konzentrierte sie sich wieder auf das Schwimmen und das andere Ufer. Er dagegen sah immer wieder still zu ihr – und ihre Schönheit, ihr Wesen berührte ihn unendlich. Wie konnte ein so unendlich schönes Wesen hier neben ihm, *mit* ihm, durch das Wasser gleiten...?

Am anderen Ufer angekommen, wieder festen Grund unter den Füßen, gingen sie noch ein paar Schritte, bis das Wasser nur noch hüfthoch war.
Sie lachte fröhlich und sagte:
„Jetzt müssen wir ja alles auch noch einmal zurück!"
„Ja, das ist wohl so."

„Das ist gemein! Jetzt müsste es eine Rolltreppe oder so etwas geben. Eine Wasserrolltreppe...“
Er lächelte.
„Du wirst doch nicht etwa faul werden, Lilian?“
Sie lächelte zurück.
„Nein, Opa... Ich hab das nur so gesagt...“
Sie glitt ein paar Mal verlegen mit ihren Händen durch das Wasser. Dann sagte sie etwas schüchtern:
„Heute ist ein wunderschöner Tag, Opa...“
Wie sie ihn ansah, so unschuldig, so glücklich, so dankbar...
„Ja, Lilian. Für mich auch...“
Er musste sich zwingen, ihre übrige Gestalt *nicht* zu sehen...
„Schwimmen wir wieder zurück?“, fragte sie vertrauensvoll.
„Ich muss mich bemühen, nicht faul zu werden.“ Sie lachte.
„Dann also lieber gleich...“

Und noch einmal hatte er das Glück, mit ihr über den ganzen See schwimmen zu können, mit diesem Wunder von einem Mädchen, für das er so viel Zuneigung hegte...

Später spielten sie dann auch zu dritt im Wasser mit einem Ball Fangen. Dann war es fast wie früher. Aber Martin war einfach nur sein Enkel – und Lilian war mehr als das. Später spielten sie zu fünft Karten. Und sie alle waren Familie – aber sie war mehr. Jede kleine Bewegung von ihr, jeder Blick, selbst wenn er nicht ihm galt, berührte ihn so sehr. Lilian war wie ein Engel unter Menschen...

An einem goldenen Septembertag gingen sie durch die Felder der Umgebung.

Nun rührte ihn wirklich alles. Manchmal wünschte er sich, dass sie nicht immer wieder so berührend wäre. Aber sie brauchte nur sanft in die Knie zu gehen, um ein Blatt aufzuheben – und es durchdrang sein Innerstes. Wenn sie ihm das Blatt dann zeigte, wenn sie ihn ansah – dann fragte er sich, wann sie bemerken würde, was sie fortwährend anrichtete, in seiner Seele, an die er nun auch bereits langsam zu glauben begann, weil sie, die Zauberin, ihm dies alles beibrachte. Nicht so sehr durch Begründungen, nicht so sehr durch kluge, genaue Worte – nein, einfach durch ihr *Sein*, durch ihr so erschütterndes Sein...

Ja, er fragte sich wirklich, wann dies alles zusammenbrechen würde. Wann sie bemerken würde, was sie anrichtete – um sich dann von ihm zu entfernen. Oder wann sie sich entfernen würde, *ohne* es je bemerkt zu haben. Einfach weil ihre Wege auseinandergingen. Weil ihre Wege andere waren als seine. Ihre würden ins Leben gehen – und seine in Richtung Sterben. Es war wie der Herbst selbst. Die Dinge starben, die Natur starb, die Blätter fielen. Lilian hob die Blätter auf – aber ihn würde sie nicht aufheben. Sie würde es auch nie verstehen. Er war auf dem absterbenden Ast, sie war auf dem lebenden Ast. Sie würde nie verstehen können, warum ein Sterbender eine Lebende liebte, ein Mädchen, ein junges Mädchen...

„Und, Opa...?"
Ihre so sanfte Stimme weckte ihn aus seinen Gedanken. Er brauchte Zeit, um bei ihr wieder anzukommen.
„Was denn, Lilian?", fragte er ebenso sanft.
„Wie ist es ... für dich *jetzt* mit der Seele? Ich meine, auch mit deiner Seele?"

Ihre lieben Worte durchflossen sein Inneres... Fast fühlte er sich durchschaut, zumindest aber getragen von ihrer wunderbaren Wärme.

„Du meinst, ob ich jetzt an eine Seele glaube? An *meine* Seele?"

„Ja – ja, das meine ich..."

Die ganze Natur um ihn herum schien aus Wehmut zu bestehen.

„Ich habe keine Ahnung, Lilian...", gestand er leise. „Ich weiß nur, dass ich so unglaublich viel fühle – und das meiste hast *du* mir beigebracht. Ich glaube, das kann nur in eine Seele passen... Ein bloßer Körper könnte das nicht alles aufnehmen. Und auch die Psyche – was für ein Wort... Ja, vielleicht glaube ich inzwischen an eine Seele, Lilian..."

Sie gingen ein wenig. Dann wischte sie sich scheu einmal kurz die Augen...

Dann atmete sie einmal tief ein – wie um eine tiefere Rührung zu bekämpfen.

„Opa – ich weiß nicht, warum es mit dir immer so schön ist... Ich weiß nur, dass es so ist... Wenn es doch immer so bleiben könnte..."

„Warum sollte es das nicht?", fragte er zutiefst berührt.

Sie sah ihn einmal schüchtern an.

„Ich weiß nicht... Manchmal habe ich Angst vor dem Älterwerden. Ich meine – vor dem Erwachsenwerden..."

„Aber warum denn, Lilian..."

„Weil ... weil die Erwachsenen so komisch werden..."

„Komisch?"

„Ja... Wir haben doch schon darüber geredet, Opa. So gefühllos... Ich will nicht – ich will nicht anders werden, als ich jetzt bin."

Er wünschte sich nichts lieber, als dass sie so bliebe, wie sie jetzt war. Dennoch sagte er – und meinte dies tief aufrichtig:

„Lilian... Man wird immer anders. Schau doch die Natur an. Die wir so lieben, du genauso wie ich... Auch sie wird immer anders. Und doch bleibt sie immer die gleiche..."

Sie lächelte – fast wehmütig.

„Das hast du schön gesagt, Opa...", erwiderte sie leise.

„Erwachsenwerden", sagte er nun vorsichtig, „bedeutet nicht, etwas zu verlieren. Man *muss* nichts verlieren, Lilian. Erwachsenwerden bedeutet nur – na was, Lilian? Du weißt es doch... Es bedeutet, ganz *seinen* Weg zu finden. Und ihn zu gehen. Es bedeutet die Kraft, ihn gehen zu können. Den Mut. Das Vertrauen. Erwachsenwerden ist etwas *Schönes*, Lilian..."

Sie schluchzte ganz plötzlich auf. Dann umarmte sie ihn heftig.

„Opa!", schluchzte sie. „Du bist der *Einzige*, der das alles immer so sagt! Du bist der Einzige, der – der solche schönen Dinge sagt. Und – und der – der all das versteht!"

Schluchzend drückte sie sich an ihn und ihn an sich, und er spürte ihren zitternden Körper – und er spürte ihre ganze *Sehnsucht*, ihre unsägliche, unbeschreibliche Sehnsucht, ohne ein Ziel, ohne ein zu beschreibendes Ziel, wenn überhaupt, die Sehnsucht nach dem unsagbar *Guten*...

Als sie sich vorsichtig wieder von ihm löste, sagte sie mit Tränen in den Augen:

„Hast du ... *auch* geweint, Opa...?"

Und er musste erkennen, dass auch sein Gesicht nass und warm von Tränen war...

Später, als sie weitergingen, sagte sie:

„Ich habe auch Angst vor der Zukunft, Opa. Wie soll das alles werden... Ich habe neulich gelesen, dass die Insekten innerhalb von einer Generation um fünfundsiebzig Prozent abgenommen haben. Das ist doch *alles*, Opa! Die Bienen, die Schmetterlinge, die Käfer, die Ameisen, alles – das alles verschwindet! Wie kann das sein! Und was passiert dann? Was passiert dann, Opa?"

Er wusste es nicht. Er hatte das auch gelesen. Die Biomasse verschwand. Es wurde weniger – wie ein verblutender Organismus. Dieses Bild kam ihm jetzt, erst jetzt, wo sie davon sprach.

„Ich weiß nicht, Lilian."

„Und warum *tut* niemand etwas dagegen?", fragte sie innig weiter. „Es muss doch etwas getan werden. Es hat doch mit dem Gift zu tun. Mit dem vielen Gift, was überall gespritzt und benutzt wird. Warum *tut* man das denn alles? Ich verstehe das nicht!"

Es erschütterte ihn, wie sie darüber sprach. Sie schien die *Einzige* zu sein, die es berührte, die wie ein sterbender Engel gegen das Sterben des Planeten ankämpfte... Ihm kamen wieder die Tränen, er hielt sie mühsam davon ab, von neuem über seine Wangen zu fließen...

Wie konnte er diesem Mädchen sagen, es bräuchte keine Angst vor der Zukunft zu haben? Es wäre eine Lüge, eine schlimme Floskel oder eine wirkliche Lüge gewesen. Er konnte sie nicht anlügen – und er konnte auch keine einzige Floskel zu ihr sagen. Er konnte nur verstummen – verstummen wie die Natur... Es hatte in den siebziger Jahren einmal ein Buch gegeben: ‚Der stumme Frühling'. Von Rachel Carson. Er erinnerte sich noch genau... Er hatte es erst in den achtziger Jahren in die Hand bekommen – erst als er für all dies erwachte. Aber schon damals war nicht viel passiert. Natürlich – all die schlimmen Gifte waren halbwegs verboten worden. Aber nur, um neue Gifte zu produzieren, die man für weniger schlimm erklärte. Aber man konnte selbst in *Wasser* ertrinken, wenn es zuviel wurde...

„Ich verstehe es auch nicht, Lilian. Ich habe das auch nie verstanden. Aber ich brauchte Zeit, um dafür aufzuwachen. Und selbst dann habe auch ich nichts getan. Man fühlt sich wie gegenüber einem übermächtigen Etwas, einer Entwicklung, die man ohnehin nicht aufhalten kann... Und schon die eigenen Bekannten interessieren sich nicht dafür..."

„Und deswegen *ist* das so! Nur deswegen, Opa. Weil man damit so allein ist..."

„Ja, man ist allein...", wiederholte er leise. „So gottverlassen allein..."

„Gottverlassen, Opa?"

„Ja...", er hatte gar nicht bemerkt, was er gesagt hatte. „Wo ist er denn? Gott... Wo ist er denn. Man ist auch gottverlassen."

Sie dachte gequält nach...

„Aber ... wenn es nur *umgekehrt* wäre, Opa?"

Ihre Worte bestürzten ihn. Was wollte sie nun wieder sagen? Das letzte Mal, als sie dieses Wort ausgesprochen hatte, war etwas Unbeschreibliches geschehen. Seine ganze Seele erinnerte sich noch daran...

„Was ... was meinst du?", fragte er fast furchtsam.

„Wenn nur *wir* ihn verlassen hätten...?"

„Wie... Wie meinst du das?"

„Denk doch an die Tiere, Opa! Die Tiere, die gequält und gegessen werden. Gequält, getötet, gegessen. Oder an die verschwindenden Bienen und Schmetterlinge. Denk doch an *ein* einziges Tier, das dich anschaut, bevor es stirbt... Denkst du, Gott ist nicht *bei* ihm? Bei allen, bei jedem einzelnen? Denkst du nicht, Gott ist nicht *ganz* bei ihm? Und hat das größte Mitleid von allen? Denkst du das nicht? Ich kann es mir nicht anders vorstellen. So muss es sein – und so ist es auch. Ich kann mir nur vorstellen ... dass *wir* das alles nicht mehr wissen. Und dass es uns nicht mehr interessiert. Und so ist es doch? *Uns* interessiert es nicht mehr! Aber Gott immer! Ich kann mir nur vorstellen, dass er noch mit der kleinsten Fliege Mitleid hat, wenn sie einfach so erschlagen wird. Gott kann *wirklich* keiner Fliege etwas zuleide tun! Aber er liebt sie sogar – so, wie er *alles* liebt. Und deswegen, Opa, hat er auch das größte Mitleid von allen. Du weißt gar nicht, was er die ganze Zeit aushalten muss – immer. Und wir halten nicht einmal ein winziges bisschen davon aus. Gott sieht alles und weiß alles – aber er *fühlt* auch alles. Und das kann man sich nicht vorstellen. Man kann sich nicht vorstellen, was er fühlen muss, während wir – –"

So hatte er es nie betrachtet, nicht einmal versucht. Die Menschen gaben einem unsichtbaren Gott alle Schuld, *weil* er unsichtbar war. Und *ein* einziges Mädchen drehte diese ganze Logik um und sagte mit ihrer ganzen Zartheit: Ihr *wisst* dann doch gar nicht, was Gott fühlt...

„O Gott, Lilian...", sagte er fassungslos. „Ich ... ich würde sofort an Gott glauben, wenn er ... wenn er *mehr* solche Engel wie dich auf die Erde schicken würde!"
Sie sah ihn mit ihrer ganzen unschuldigen Liebe – nicht zu ihm, sondern zu allem, zu der ganzen Natur – an und sagte leise:
„Aber es liegt an uns, Opa... Ich habe dir doch einmal gesagt, ich bin *gerne* dein Engel Gottes... Aber jetzt weiß ich: Es liegt an *uns*, ob wir ein Engel Gottes sein können. Gott will, dass es viele Engel gibt... Aber es könnte *jeder* ein Engel sein... Jeder, Opa...!"
Der letzte Boden wurde ihm unter den Füßen weggezogen...
„Aber warum hilft er nicht, Lilian..."
Es war wie ein letzter, schwacher Versuch.
Und dieses Mädchen sagte, in engelhafter Unschuld:
„Vielleicht will auch Gott, dass jeder seinen eigenen Weg findet, Opa. Vielleicht *kann* er dabei gar nicht helfen..."
Vor seiner Seele, an die er überhaupt erst glauben lernte, tat sich eine Art riesiges Tor auf, und er musste seine Augen schließen vor dem hellen Licht, das auf ihn einströmen wollte

– obwohl er noch gar nichts sah. Es war alles gleichzeitig. Es war nur etwas, was er *spürte*, ohne sagen zu können, was überhaupt noch Wahrheit war... Das Einzige, was er wusste, war, dass alles, alles immer von *ihr* ausgelöst wurde, von ihren Worten, von ihrem Herzen, von ihrer Seele...

Als sie weitergingen, sagte er leise, völlig verwundet von der Schönheit ihrer Seele:
„Ich meinte es ernst, Lilian... Du bist wirklich ein Engel. Du kannst etwas, was niemand sonst kann. Weißt du, was das ist? Ich weiß es auch nicht. Aber es ist etwas Ungeheures. Du kannst den Menschen *Hoffnung* geben. Ich weiß nicht, wie ich es beschreiben soll. Du kannst sie von etwas überzeugen, dessen Gegenteil als felsenfeste Wahrheit gilt. Du kannst selbst auf Felsboden einem den Boden unter den Füßen wegziehen. Und es ist wie die Hand eines *Engels*, so sanft... Ich weiß nicht, was ein Engel sonst sein soll...“
Sie schwieg – und er spürte, wie selbst ihre Bescheidenheit die eines Engels war...

Viel später sagte sie leise:
„Bitte hilf mir, Opa... Es sollte doch auf der Welt mindestens *zwei* Engel Gottes geben...“

Sie hatten beide gemeinsam versucht, ihre Familie zu einem Umdenken in Bezug auf Wurst und Fleisch zu bewegen – und ein Nachdenken hatte immerhin eingesetzt. Man ging mit der Frage bewusster um, vorsichtiger, aber ein wirkliches Umdenken war dies noch nicht. Es war auch schwierig, das merkten sie, denn nach wie vor musste es ‚jeder selbst wissen‘, vor allem aber musste es jeder selbst *fühlen*. Das konnte man niemandem abnehmen. Und nirgendwo gab es dieses tiefe Vertrauensverhältnis, das es zwischen ihnen beiden gab. Überall sonst war es *noch* viel schwieriger...

Aber er hatte ihre Sehnsucht auch sonst ernst genommen. Er hatte mit ihr viel Zeit verbracht, um Briefe zu schreiben – an Vertreter und Verbände der Chemischen Industrie, der Landwirtschaft, an Waffenproduzenten, an Politiker. Manche hatten geantwortet, viele Briefe blieben unbeantwortet. Die Antworten lasen sich immer angenehm, positiv, man bekam den Eindruck, als würde jeder ungeheuer viel tun und unendlich viel Verantwortung beweisen. Hochglanz-Antworten waren es – Hochglanzantworten, die auf Lügen aufbauten, auf einer Grundlüge. Und diese Grundlüge war, dass niemand so war wie dieses Mädchen, das all diese Briefe schrieb – und Antworten bekam, die seine Unschuld eigentlich verspotteten...

Jede einzelne Antwort schmerzte ihn, weil *sie* ihm so leid tat. Immer wieder las sie jeden Brief mit Hoffnung, mit einem so tiefen *Vertrauen* in die Menschen – und musste ihn dann mit einer tiefen Verletzung, einer inneren Wunde beiseitelegen, spätestens, wenn sie von ihm darüber aufgeklärt worden war, was Lack und was Wahrheit war... Und doch bedeutete ihm diese ganze Zeit mit ihr ein Unendliches, war er glücklich, dass er zumindest *ihr* half, ihre ganze aufrichtige Sehnsucht wirklich zu *leben*. Und auch sie half ihm bei genau diesem...

Lilian war genau, wer sie war. Und dass er ihr dabei helfen konnte, machte ihn unsagbar glücklich.

So waren sie durch das Jahr gegangen, und dieses hatte sich langsam gerundet, und nun war es fast schon Sylvester. Er hatte ihr Rachel Carsons Buch zu Weihnachten geschenkt – und ein Tagebuch. Er hatte ihr gesagt, sie wäre jetzt alt genug, nicht nur zu lesen, sondern auch ihre eigenen Gedanken festzuhalten. Denn damit begänne der eigene Weg ja immer... Mit dem, was man *selbst* dachte und fühlte. Und sie war mit diesen beiden Geschenken wieder überglücklich gewesen.

So gingen sie durch den Wald. Es hatte in diesem Jahr noch nicht geschneit. Aber kalt war es dennoch. Er spürte ihre Anwesenheit neben sich innig. Sie hatten so viele berührende Momente gehabt. Aber ihre Hand hatte er zuletzt an jenem Tag am See in der seinen fühlen dürfen, danach nie wieder. Auch dies spürte er jetzt wie einen Abschied. Winter... Jetzt würde wirklich der Winter seines Lebens beginnen. Lilian würde erwachsen werden – und nie mehr so sein wie jetzt, und jetzt war sie schon nicht mehr wie damals. Ihre Hand würde sie nie wieder in die seine schieben, dafür war sie jetzt zu alt. Fünfzehn würde sie im Frühjahr werden. Aber für ihn würde es kein Frühjahr mehr geben. Ihre Wege trennten sich langsam, würden sich trennen...

„Was denkst du, Opa?"
„Was denkst du, denn Lilian?"
Er war in dem Moment glücklich, wo sie arglos auf seine Gegenfrage antwortete – und die ihre vergaß.
„Ich? Ach ... gar nichts Besonderes. Aber das muss man ja nicht immer, oder? Ich mag den Winter irgendwie..."
„Und warum?"
„Ich weiß gar nicht... Vielleicht wegen dir, Opa..."
„Wegen mir?", fragte er bestürzt. „Was meinst du?"

„Na, wir haben doch immer so schöne Sachen gemacht. Immer... Nicht nur im Winter. Aber ... trotzdem war der Winter für mich immer etwas Besonderes. Wie wir immer die Meisenbällchen aufgehängt haben. Auch diesmal wieder. Und dann das mit dem Schlitten letztes Jahr, weißt du noch? Das gehört zu meinen allerschönsten Erinnerungen überhaupt. Dieser Abend im dunklen Wald nur mit dir, und du hast mich gezogen, noch einmal... Das... Solche Sachen... Das macht für mich den Winter so wunderschön..."

Für ihn war es unfassbar. Jedes ihrer wunderschönen Worte machte den Abschied von ihr nur noch schwerer.

„Obwohl er so kalt ist?", versuchte er, darüber hinwegzugehen. „Niemand sonst mag das. Siehst du? Wir sind ganz allein. Es hat nicht mal geschneit..."

„Vielleicht auch deswegen. Ist es nicht schön, allein zu sein? Wir waren so oft allein. Es hat mich nie gestört. Und die Kälte? Die stört mich auch nicht. Ich weiß nicht – irgendwie liebe ich sie sogar. Im Sommer ist alles einfach. Aber du hast mir beigebracht, dass es im Leben nicht immer einfach ist. Ach, das klingt schon wieder so blöd! Ich meine – ich fühle mich einfach wohl... Wir gehen hier so – und es ist alles nicht einfach, verstehst du? Es ist kalt, ja – aber trotzdem gehen wir hier doch – und sind glücklich, oder? Ich kann es überhaupt nicht erklären. Aber die Kälte *stört* mich nicht. Es macht einfach nichts, verstehst du? Es ist *mit* Kälte fast noch schöner..."

Er war so gerührt über ihre hilflosen Versuche, etwas in Worte zu fassen – was er doch so gut verstand. Auch darin war sie einzigartig. Andere fühlten dies eben nicht... Er konnte es nicht fassen. Sie war ein Wintermädchen... Eines, das trotz all seiner Wärme von der Kälte nicht abgeschreckt wurde. Vielleicht *wegen* ihrer ganzen Wärme...

„Wenn die Jahreszeiten von Gott geschaffen sind, dann müsste Gott auch jede von ihnen gleich lieben, nicht wahr, Lilian?"

„Ja!", sagte sie begeistert. „Das ist es, Opa! Auch das..." Zufrieden ging sie eine ganze Weile schweigend neben ihm. Dann fragte sie schließlich vorsichtig:

„Und ... bist du jetzt auf Gott nicht mehr so böse, weil er ... weil er scheinbar gar nichts tut...?"

„Lilian...", sagte er gerührt. „Ich war auf ihn doch nie böse! Ich habe einfach nur nicht an ihn geglaubt."

„Doch... Du warst schon auch böse auf ihn. Doch, Opa – das warst du wirklich..."

Auch *das* rührte ihn wieder. Das sie inzwischen diesen vollen Mut zur Aufrichtigkeit hatte – nicht nur den Mut, sondern auch die Erkenntnis. Sie erkannte mehr als er selbst, er musste ihr Recht geben. Ein namenloses Glück strömte in ihn ein, ohne dass er sagen konnte, warum genau... Er war einfach nur glücklich, was sie war, was sie wurde...

„Du hast Recht, Lilian. Ja, das stimmt... Nein – ich bin nicht mehr böse. Nein..."

„Und du glaubst jetzt an ihn, nicht wahr?"

„Das kann ich gar nicht sicher sagen. Aber ich glaube nicht mehr all jenen, die sagen, es gibt ihn nicht. *Wenn* ich jemandem glaube, dann dir, die sagt: Es gibt ihn. Ich weiß, wie wenn es gestern wäre, oder vorhin, wie du ihn damals in den Feldern beschrieben hast. Das werde ich nie verlieren, Lilian. Das hast du wirklich geschafft. O Gott, ich bin über *so vieles* so unendlich stolz auf dich..."

„Danke, Opa...", sagte sie leise.

„Nein, *ich* muss dir danken, Lilian. Du weißt gar nicht, wie sehr du alle mit deinem Wesen beschenkst. Du weißt es wirklich nicht..."

„Das stimmt wieder nicht, Opa...", sagte sie vorsichtig. „Manchmal habe ich das Gefühl, ich beschenke nur dich..."

Wieder musste er ihr beschämt Recht geben. Aber er wusste auch, woran es lag.

„Die Menschen wissen nicht mehr, wann ihnen ein Engel begegnet, Lilian. Das ist der Grund. Beschenkt werden sie aber trotzdem... Recht habe ich trotzdem. Die anderen Menschen wissen es nur *auch* nicht...“

Sie musste sanft lachen.

„Aber wie kann etwas ein Geschenk sein, was man gar nicht bemerkt?“

„Das ist ganz einfach, Lilian. Wirklich... Es ist es einfach... Und bemerkt wird es vielleicht erst, wenn es nicht mehr da ist...“

Lilian sah ihn überrascht an.

„Wie meinst du das, Opa?“

„Na ja – deine Eltern zum Beispiel, sie werden vielleicht erst wirklich merken, was sie hatten, wenn du ausgezogen sein wirst...“

„*So* meintest du es?“, fragte sie leise.

Er war erschüttert über ihr feines Empfinden. Nein, er hatte es nicht nur so gemeint.

„Was dachtest du denn, Lilian?“

„Ich dachte, du bist ein bisschen traurig über irgendetwas...“

„Über was denn?“

„Ich weiß nicht... Vielleicht, weil du denkst, du hast mich auch nicht mehr lange...“

„Ja, vielleicht denke ich das ja auch...“

„Aber ich bin doch erst vierzehn, Opa! Du hast mich doch noch eine ganze Weile! Du kannst mich sogar immer haben! Solange du lebst. Ich liebe dich doch, Opa. Wieso sollte ich irgendwann nicht mehr da sein?“

„Du weißt doch, Lilian. Wegen der Wege...“

„Wegen der Wege? Aber mein Weg geht doch nicht von dir *weg*! Ich meine – verstehst du denn nicht?“

„Nein, was soll ich verstehen?“

„Ich bin doch immer *bei* dir, Opa... Vielleicht nicht mehr so oft, wenn ich groß bin, aber – aber das bleibt doch alles. Was wir jetzt haben... Das bleibt doch alles. Wovor hast du denn Angst? *Hast* du Angst vor etwas?"

Ihr so liebes Bemühen! Was konnte er ihr überhaupt antworten?
„Nein, ich habe keine Angst, Lilian...", beruhigte er sie.
„Wenn du das sagst, dann nicht..."
Es war vielleicht seine erste Lüge ihr gegenüber.
Sie lächelte – sie vertraute ihm ja...

Fröhlich zeigte sie mit ihrer behandschuhten Hand auf die Zweige einer Lärche.
„Siehst du, Opa? Sie hat ihre Nadeln verloren. Aber im nächsten Frühjahr kommen sie doch wieder! Denkst du, die Lärche hat Angst, dass ihre Nadeln sie verlassen haben? Sie weiß doch, dass nichts verlorengeht... Sie freut sich doch, dass sie neue bekommt."
Lächelnd sah sie ihn an.
„So ähnlich ist es auch mit *mir*, Opa. Ich gehe dir *auch* nicht verloren...!"

Dieser Vergleich erschütterte ihn. Welche Mühe sie sich gab, um seinetwillen... Aber ihre Hand *hatte* er schon verloren. Die Nadeln fielen... Und sie würden nicht zurückkehren. Der Winter hatte begonnen...

Die Wochen nach dem Jahreswechsel gaben ihm einen Vorgeschmack auf das, was ihn noch erwarten würde. Er kam nach wie vor oft zu ihnen und versuchte sein Bestes – aber es war nicht gut genug. Es war nicht gut genug, um das Leben weiterzuführen – und auch nicht gut genug für sie, seine Tochter und ihren Mann.

Eines Tages kamen die Dinge zur Sprache. Er fand zu seinem Enkel Martin keinen rechten Zugang. Er versuchte, ihn zu Spielen zu überreden, zu Wanderungen, sogar Lilian versuchte es noch immer, aber es war meist vergeblich. Und er musste sich eingestehen, dass er es nicht ernsthaft genug versuchte – es wäre unwahrhaftig gewesen, sich dies nicht einzugestehen. Er empfand für den Jungen auch nicht dasselbe wie für Lilian.

Und er, der Junge, hatte sich vom Lesen darauf verlagert, sich ein Handy zu wünschen. Ständig lag er seinen Eltern im Ohr, dass alle in seiner Klasse schon ein Handy hätten, sogar schon ein Tablet und anderer Dinge mehr. Schließlich waren sie so verzweifelt, dass sie *ihm* vorwarfen, er würde sich nicht genug um den Jungen kümmern, was mit Sicherheit auch eine Wahrheit war.

Als er eines Nachmittags Lilians Federmäppchen vorbeibrachte, das sie bei ihm vergessen hatte und am nächsten Tag sicherlich brauchen würde, traf er seine Tochter zufällig gerade allein zu Hause an.

Da brach es aus ihr heraus:
„Warum kümmerst du dich nicht auch mal um Martin? Er liegt mir ständig im Ohr, dass er ein Handy haben möchte. Das ist alles nur, weil er zu wenig unternimmt. Weil *du* zu wenig mit ihm unternimmst. Du bist ständig nur mit Lilian zusammen!"

„Susanne, das ist nicht meine Schuld. Ich frage ihn oft genug, ob er mitkommen möchte, ob er etwas spielen möchte. Sogar Lilian fragt ihn. Du weißt es – du bekommst es oft genug mit. Sag *du* ihm, dass er mitkommen soll! Ich habe keine Lust mehr."

„Du hast keine Lust mehr? Du hattest noch nie Lust! Ja – du hast ihn gefragt. Aber Fragen ist nicht gleich Fragen. In Wirklichkeit ging es bei dir immer nur um Lilian! Lilian hier, Lilian da. Weißt du, dass auch ein Junge seinen Opa braucht?"

Er fühlte seinen Ärger aufsteigen.

„Jetzt bist du ungerecht, Susanne! Du weißt *ganz* genau, dass ich nicht einfach nur gefragt habe. Und du weißt auch ganz genau, dass Lilian nicht einfach nur gefragt hat. Lilian hat ihn sogar angebettelt – so muss man es wirklich sagen –, dass er etwas mit uns macht. Aber er wollte nicht. Dass muss man akzeptieren."

„Dann hättest du dir etwas *anderes* einfallen lassen können. Wenn er eure Spaziergänge nicht mitmachen will – gibt es denn nichts anderes? Fällt dir nur das ein? Norbert fragt sich das auch."

„Es ist nicht meine Aufgabe, ihn davon abzuhalten, sich ein Handy zu wünschen. Verbietet es ihm und fertig!"

„Aber eine Rundumbetreuung für *Lilian* – das ist deine Aufgabe, ja?"

„Das geht dich nichts an, Susanne. Ich habe Lilian nie gebeten, mich zu mögen. Sie hat es *von sich aus* getan. Und es waren *ihre* Fragen, die ich beantworten konnte. *Sie* war es, die mir ihr Vertrauen schenkte. Sie war es, die zu mir kam, weil sie es wollte – und bis heute. Zieh sie da nicht rein! Sie ist völlig unschuldig an allem – und überhaupt. Sie ist die Unschuldigste von allen!"

„Das habe ich auch nie abgestritten. Ich mache *dir* Vorwürfe!"

„Dann hör auch damit auf! Man kann niemanden zwingen, den Anderen zu mögen. Man kann auch niemanden zwingen, keine Handys zu mögen. Ich würde es gern – es ihm abgewöhnen, meine ich. Aber es ist nicht *meine* Aufgabe. Es ist auch nicht meine Aufgabe, euch zu entlasten, bloß weil ihr beide berufstätig seid. Ich habe es gern gemacht – und ja, ich gebe zu, dass ich zu Lilian immer eine bessere Beziehung hatte. Aber das lag an uns *beiden*. Ich habe Martin nie abgewehrt oder so etwas!"

„Aber du warst immer zu streng zu ihm! Er sollte dies, er sollte das, er sollte nicht zu faul sein, er sollte so sein wie Lilian – das war es doch!? Es ist kein Wunder, dass er dich nicht so mag wie sie."

„Jetzt bist du *wieder* ungerecht! Ich hätte auch nichts sagen können. Dann hätte er es erst recht nicht gelernt. Aber denkst du etwa, ein Junge, der nicht auch mal anpacken möchte, hätte sich *später* ein Handy gewünscht? Er hätte es *früher* getan! Und ich sage es noch einmal: Du kannst niemanden zwingen, jemanden zu mögen. Mich nicht und Martin auch nicht. Es ist seine Sache. Und auch ein Großvater muss nicht alle gleich mögen. Sag ihm, er soll mitkommen, wenn wir etwas unternehmen – und ich bin für ihn genauso Großvater wie für Lilian. Mehr kann ich auch nicht tun!"

Seine Tochter atmete einmal tief ein und schluckte ihren Ärger herunter – sagte jedenfalls nichts weiter. Unbefriedigt gingen sie wieder auseinander...

Das war das Eine. Das Andere war, dass seine Tochter trotz allem Recht hatte mit seiner Vorliebe für Lilian. Und er hatte ihr verschwiegen, wie stark diese Vorliebe war. Er verschwieg es vor allen – sogar vor Lilian und fast sogar vor sich selbst.

In Wirklichkeit waren die letzten Monate immer mehr eine Qual geworden. Je mehr Lilian sich langsam ihrem fünfzehnten Geburtstag näherte, desto weniger konnte er sich der Tatsache erwehren, dass alles an ihr ihn so sehr berührte, dass es begann, wehzutun. Die Berührung, die immer schon, spätestens seit ihrem letzten Geburtstag, auch eine Anziehung gewesen war, verwandelte sich in eine *wirkliche* Anziehung.

Er konnte Lilian nicht mehr ansehen, ohne zugleich ihre ganze Gestalt zu sehen. Und zu ihrer Gestalt gehörte ihr zartes Mädchensein, das jetzt heranreifte. Dazu gehörte die ganze Anmut, die in jeder Bewegung lebte, dieses Weiche, was nur ein Mädchen hatte – und ein Mädchen mit einem reinen Herzen in einem Maße, das jeder Beschreibung spottete. Dazu gehörte die weiche Anmut ihrer Rundungen, ihrer Brust, die sie so unschuldig offenbarte wie kein anderes Mädchen. Manchmal fragte er sich, ob sie überhaupt *ahnte*, wie schön sie war. Ja, er fragte sich allen Ernstes, ob sie überhaupt wusste, dass sie eine Brust hatte – und wie sehr *diese* Sanftheit ihrer *ganzen* Sanftheit entsprach.

Aber das konnte sie alles niemals verstehen – denn er selbst hatte auch lange, sehr lange, wochenlang gebraucht, um es halbwegs zu verstehen. Er hatte sich immer wieder gefragt, warum der Blick – sein Blick – von dieser sanften Rundung so magisch angezogen wurde. Er hatte sich gefragt, was mit ihm los war, ob er vielleicht pervers war, fixiert auf eine junge weibliche Brust. Auf *ihre* Brust.

Diese Fragen, diese eine Frage, hatte ihn gleichsam fast an den Rand des Wahnsinns gebracht. Er fühlte sich ihr gegenüber schuldig – ihr, die von alledem gar nichts wusste –, und er zweifelte an sich, an sämtlichen Absichten der letzten vierzehn Jahre, an seiner Aufrichtigkeit während dieser ganzen Zeit. Die Anziehung, die ihre wachsende Weiblichkeit auf ihn ausübte, ließ ihn radikal alles in Frage stellen.

Und dann, nach diesen Wochen der quälenden Fragen, war eines Abends diese ganze Frage mit einem anderen Bild zusammengeflossen – mit jenem einen Tag im Herbst, als sie ihm die Liebe zu den Tieren offenbarte. Als sie ihm für einen kurzen Moment wie ein Engel erschien, ein leuchtender, liebender Engel, der seine schützende Hand über das leidende Tier breitete. Schützend, rein, ein liebender Engel... Da hatte sich ihm etwas von diesem Geheimnis erschlossen. Ihre zarte Gestalt war *eins* mit dem, was er da gesehen hatte. Ihre ganze Gestalt war so sanft wie sie. Und ihre zarte Rundung, das, was gerade ein *Mädchen* ausmachte, das war wie das geheime Zentrum dieser Sanftheit – die zugleich dieses Engel-Wesen war. Sie war gleichsam sogar *mehr* Engel als ein bloßer Engel. Ein bloßer Engel, eine flachbrüstige, geschlechtslose Gestalt, hätte ihn nie berühren können, hätte ihm nie die Liebe zu den Tieren beibringen können. *Sie* hatte es getan. Ihr ganzes Wesen hatte sein Herz nach all diesen Jahren mühelos durchschlagen – und getroffen und durchbohrt floss aus ihm das Mitleid wie Blut, jenes Mitleid, das *sie* in jedem Augenblick hatte.

Kein Engel hätte das vermocht – aber sie hatte es geschafft, sie in ihrer grenzenlosen Verletzlichkeit, Sanftheit, Zartheit, Unschuld, unschuldigen Liebe. Und ihre Gestalt war eins damit. Ihre unschuldige Rundung war das Zentrum all dessen. Ein Mädchen war *mehr* als ein Engel. Bei niemandem zog ihn die Brust besonders an, bei keiner Frau, keinem Mädchen. Sie war allgemein anziehend, mehr oder weniger, aber das war es dann auch. Es interessierte ihn nicht, hatte ihn schon seit Jahrzehnten nicht mehr wirklich interessiert. Aber bei Lilian war diese Sanftheit gleichsam eins mit ihrer Unschuld überhaupt. Es gab überhaupt keinen Unterschied. Nicht den geringsten. Ihre Unschuld saß gleichsam genau hier. Und dann – dann wurde ihm erschütternd klar, dass direkt darunter das *Herz* lag...

Aber diese Erkenntnis machte es auch nicht besser. Denn er hatte dennoch längst begonnen, ihre ganze Gestalt zu lieben. Er liebte ihre Unschuld – und auch ihre Gestalt war so absolut unschuldig –, aber er liebte sie so sehr, dass diese Liebe allmählich alle Grenzen durchschlug – so wie *ihre* Liebe auch alle Grenzen durchschlagen hatte. Nur dass seine Liebe die eines Mannes war...

Er konnte nicht aufhören, ihre ganze Gestalt zu sehen. Wenn er ihre Augen, ihren Blick sah, konnte er das andere nicht ausblenden. Er sah ihr Gesicht, ihren Hals, ihre zarte Kehle, die unschuldige Rundung über ihrem Herzen, die zarten Glieder unter ihrem Kleid, ihrem Pullover, ihrer Jeans oder was auch immer. Er sah ihre *ganze* Unschuld – in jedem Blick. Es war eine unentrinnbare Anmut. Unentrinnbar. Sie verfolgte ihn schließlich bis in den Schlaf...

Es war nicht so, dass er sich jemals vorstellte, mit ihr zu schlafen, sie auch nur zu küssen. Vorstellen tat er es sich nicht, aber was sein Unterbewusstsein tat, vermochte er nicht zu sagen. Er hätte nicht das Geringste beschwören können. Tatsache war, dass sein Blick von der *Jugend* ihrer Glieder immer tiefer berührt und angezogen wurde. Er kämpfte gegen diese Anziehung, aber sie wurde immer stärker. Er kämpfte dagegen, dass diese Anziehung etwas bedeutete, aber sein Widerstand wurde gegen die Übermacht immer verzweifelter...

Und dann kam ihr Geburtstag. Dieser verlief ohne besondere Vorkommnisse. Wieder kam er nur kurz vorbei und brachte ihr Geschenk, während sie zwei Freundinnen eingeladen hatte – ihm fiel nur auf, dass es diesmal eine weniger war, aber das war alles. Er selbst hatte ihr etwas geschenkt, was sie sich gewünscht hatte – einen schlichten, aber wunderschönen keltischen Stirnreif. Das, was sie an Marian so berührt hatte, hatte sie noch immer nicht losgelassen – oder berührte sie nun in neuer Form.

Das war ihr Geburtstag gewesen. Aber am nächsten Tag kam sie ihn wieder besuchen. Und wieder hatte sie etwas auf dem Herzen.

„Und, Lilian", fragte er sie, als sie sich in seinen Sessel gesetzt hatte, der immer schon ihr Lieblingsplatz gewesen war. „Wie fühlt man sich mit fünfzehn Jahren?"

„Schon ganz schön alt, Opa... Ich meine – man *ist* doch schon ganz schön alt, oder?" Sie atmete einmal tief ein. „Nächstes Jahr bin ich schon sechzehn. Das ist schon unglaublich alt. Und dann bin ich schon bald erwachsen. Ich kann es kaum noch verhindern..."

„Nein", lächelte er. „Das kannst du wohl nicht."

„Aber ich muss dich etwas fragen, Opa..."

„Ja? Was denn?"

„Aber du darfst bitte nichts Schlechtes von mir denken, ja?"

„Lilian...", sagte er mit sanftem Vorwurf. „Du weißt doch –"

„Ja, aber diesmal weiß ich es eben *nicht*..."

„Was weißt du nicht?"

„Ob du nicht doch etwas Schlechtes von mir denkst."

„Wieso weißt du das denn nicht? Weswegen zweifelst du denn diesmal auf einmal?"

„Das würde ich ja gerne sagen, aber ... aber ich hab eben Angst..."

„Ach, Lilian – vor *mir*? Wie *geht* denn das?"

„Ja – nicht wahr? Wie geht denn das? Ich weiß es auch nicht... Ich bin ... glaube ich gar nicht so mutig, wie du immer denkst."

„Lilian", sagte er mit gespielter, sanfter Strenge, „so geht es aber nicht! Nein, ich meine es wirklich, Lilian... Erinnerst du dich nicht mehr, dass ich es bei meinem *Leben* geschworen hatte? Sollte ich dich einmal je enttäuschen, dann kannst du an mir zweifeln. Aber warum schon vorher, Lilian? Warum denn nur? Sag es doch, Kind..."
Sie sah ihn zögernd an – noch immer mit leiser Furcht, zugleich aber mit solcher Sehnsucht, vertrauen zu können ... und dann sagte sie es leise:
„Opa, bitte denk nicht schlecht. Ich möchte gerne einen Minirock haben..."
„Einen *Minirock*?", sagte er überrascht. Aber als sie unmittelbar erschrak, fuhr er schnell fort: „Und deswegen hattest du Angst, Lilian? Deswegen? Vor mir?"
„Ja... Was denkst du, Opa? Sag es ehrlich..."
„Was soll ich denn denken, Lilian? Bitte sag du es doch! Wovor hast du denn nur solche Angst?"
„Na, ich habe so was doch noch nie getragen... Und Mama und Papa finden es gar nicht gut."
„Und warum nicht?"
„Sie sagen, es passt nicht zu mir."
„Und warum nicht?"
„Das sagen sie nicht. Sie sind einfach dagegen. Sie wollen das nicht. Sie finden es nicht gut."
„Das ist alles?"
„Ja."
„Und jetzt?"
„Jetzt will ich wissen, was *du* denkst."

Er seufzte innerlich vor Rührung.

„Lilian... Das hatten wir doch alles schon. Wieso hast du auf einmal jetzt wieder Angst? Weil ich *das* nicht so schön finden würde wie das Kleid von Marian? Geht es darum? Sieh mal, Lilian, ich sage dir jetzt einmal was... Letztlich besteht dein Weg aus etwas, was nur *du* entscheiden kannst... Und – und du wirst diesen Weg, deinen Weg, auch nur gehen können, wenn du ihn mit allem, was du hast, wirklich gehen willst. Selbst wenn du ganz einsam wärst. Alles, was ich will, ist, dir *diesen* Mut zu geben, Lilian. Selbst wenn mir etwas nicht gefallen würde – was heißt schon ‚gefallen'? Lilian – selbst wenn mir etwas nicht ‚gefallen' würde. Wenn es dein Weg wäre, Lilian, wenn es dein Weg wäre, wenn du es wollen würdest, dann müsstest du es selbst dann tun, wenn du ganz allein wärst. Du musst doch den Mut haben, etwas zu tun, was mir nicht gefällt! Du musst den Mut haben, alles zu tun, was du willst, auch wenn es deinen Eltern nicht gefällt. Sie sind zwar deine Eltern, aber sie können und dürfen dich doch nicht an deinem *Weg* hindern. Lilian! Begreifst du das denn nicht? Das ist das Wichtigste – sich treu zu sein. *Finde* doch deinen Weg – finde ihn und gehe ihn, Lilian! Und ich sage dir noch etwas: Mir wird *alles* gefallen, was dein Weg sein wird, Lilian. Denn ich liebe dich – und das sollten Eltern auch tun. Selbst wenn mir etwas nicht gefiele, es würde mir sofort *doch* gefallen, wenn ich wüsste: Es ist dein Weg, es gehört zu deinem Weg, du willst es... Darum geht es, Lilian. Um nichts anderes. Was denke ich über einen Minirock? Ich denke: Folge dir *selbst*, Lilian. Folge dir selbst! Nichts anderes wollte ich dir je beibringen – nichts und nichts anderes...“

Sie war so gerührt, dass sie kein Wort hervorbrachte. Es fehlte nicht viel und sie würde aufschluchzen vor Dankbarkeit – und er war sogar stolz auf sie, dass sie es *nicht* tat. Denn er sah, dass sie nicht weniger gerührt war, nur reifer, immer, immer reifer...

„O, Opa... Wie konnte ich nur an dir zweifeln... Ich verstehe es selbst nicht mehr... Ich bin so ein kleines Kind..."

„Nein, bist du nicht, Lilian..."

„Doch. Sogar doppelt. Ich traue mich noch immer nicht, mich gegen Mama und Papa zu stellen."

„Soll ich dir denn helfen?"

„Ja – das wäre schön... Sonst schaffe ich es nicht..."

„Gut, ich helfe dir. Warum willst du denn einen Minirock haben? Weißt du das denn?"

„Ich will es einfach probieren. Einfach nur deshalb."

„Einfach probieren?"

„Ja. Ich trage immer nur ganz andere Sachen. Du weißt es ja. Ich will es probieren. Ich will es einfach nur mal kennenlernen. Und ich will nicht immer die Letzte sein – oder die Einzige, die etwas *nicht* probiert."

„Tragen denn einige Mädchen in deiner Klasse Miniröcke?"

„Nein."

„Dann bist du doch gar nicht die Letzte – oder gar die Einzige. Dann bist du – dann wärst du doch sogar die Erste?"

„Opa – ich will einfach mal nicht überlegen, wer ich bin, ob die Letzte, die Erste oder die Mittlere. Ich bin froh, dass ich es *jetzt* probieren will und nicht erst, wenn ich denke, ich muss es auch mal probieren. Jetzt will ich es, und keiner hat mich gezwungen."

Er sah ihre Angst, dass er es nicht verstehen würde. Aber er verstand es so gut... Sie suchte die völlige Freiheit. Sie suchte den Punkt, wo keiner mehr über sie bestimmen konnte, sie in irgendeiner Weise festlegen, sogar über *sich selbst* wollte sie hinauskommen, über ihre eigenen Grenzen. Und dies aus ganz und gar eigener Entscheidung.

„Ich verstehe dich, Lilian."

„Ist das wahr, Opa? *Kann* man das überhaupt verstehen?"

„Ja, man kann. Ich verstehe es."

Fast ungläubig sah sie ihn an. Dann sagte sie leise:

„Du bist *immer* der Einzige, Opa..."

Er wollte das nicht so schnell gelten lassen.

„Verstehen es denn deine Freundinnen nicht?"

„Ihnen habe ich es noch gar nicht gesagt. Aber ich weiß jetzt schon, dass sie es auch nicht verstehen werden. Nicht so wie du. Auch sie werden sagen, das passt nicht zu mir. Oder sie werden vielleicht neidisch sein, weil ich es vor ihnen probiere. Ich weiß es nicht. Vielleicht werden sie das auch ‚cool' finden. Aber *verstehen* werden sie es nicht..."

„Und wenn du es ganz *selbst* machst, Lilian? Ohne meine Hilfe?"

„Nein, Opa – bitte! Ganz ohne deine Hilfe kann ich es noch nicht. Und dann vielleicht nie. Ich brauche dich jetzt... Diesmal... Vielleicht nur noch diesmal..."

„Okay, Lilian. Ich verstehe. Natürlich helfe ich dir..."

„*Danke*..."

Sie blieb in ihrem Sessel sitzen. Zu sehr spürte sie bereits den kommenden Kampf, um sich einer Freude oder reinen Dankbarkeit hingeben zu können...

Im Verlauf ihres Besuches brachte sie dann doch noch zum Ausdruck, was sie empfand.

„Weißt du, Opa", sagte sie schließlich, „ich bin *so dankbar*, dass ich dich habe! Ich kann gar nicht sagen, wieviel du mir in all diesen Jahren geholfen hast. So viel! Ich darf gar nicht daran denken. Ich darf auch nicht daran denken, was gewesen wäre, wenn ich nicht *dich* als Opa gehabt hätte. Und ich frage mich, was andere Kinder machen..."

Er lächelte.

„Andere Kinder brauchen einen solchen Opa nicht. Sie machen die Dinge auf ihre Weise – und meistens auch irgendwann, was sie wollen. Aber, Lilian – niemand macht es auf *deine* Weise. Wie *du* alles machst, das ist wirklich unvergleichlich. Ich bin froh, dass es wenigstens *ein* Mädchen wie dich gibt."

„Was mache ich denn anders?"

„Alles, Lilian. Alles. Ich möchte es gar nicht erklären. Aber es ist so. Du kannst stolz auf dich sein. Ich *bin* es..."

„Warum habe ich immer so sehr deine Hilfe gebraucht, Opa? Wie kannst du dann stolz auf mich sein? Was mache ich denn so Gutes?"

„Ach, Lilian..."

Es war so unfassbar, dass sie es nicht verstand. Aber wie sollte sie? Es war ja kaum in Worte zu fassen. Und die Welt sah es ja kaum. Wie beschrieb man einen Engel, der nicht erkannt wurde – und sich selbst am wenigsten erkennen konnte?

„Du bist die *Einzige*, die sich über Dinge Gedanken macht, ich meine, so tief, so herzenstief. So tief, dass du – man kann es nicht erklären, es ist lächerlich, es überhaupt erklären zu *müssen*. Es gibt keine Engel, Lilian, jedenfalls nicht auf Erden. Aber du *bist* einer. Das sagt eigentlich schon alles. Es sagt wirklich alles. Du brauchst es nicht zu verstehen. Das ist das Vorrecht eines Engels. Ich möchte wirklich nicht mehr sagen, Lilian..."

„Und warum brauchen Engel dann die Hilfe von Opas?"

„Weil sie Engel *sind*. Sie wären keine, wenn sie keine Hilfe bräuchten. Ich meine – Engel sind die Wesen, die mehr als alle anderen *allein* sind. Das siehst du an dir. Wie sollte ein Engel da keine Hilfe brauchen? *Nur* Engel brauchen Hilfe. Ach, Lilian – ich kann es nicht anders erklären. Es hat auch keinen Sinn. Bitte glaub mir einfach..."

„Ja, Opa, ich glaube dir... Und ich danke dir, dass du da bist..."

„Und ich danke dir, Lilian..."

Als er in den nächsten Tagen wieder einmal bei ihnen mit zu Abend aß, brachte er das Thema zur Sprache. Sie hatten soeben darüber gesprochen, was Martin gerade in der Schule hatte. Als dieses Gespräch zu Ende war, sagte er:
„Lilian hatte euch doch gefragt, ob sie einen Minirock haben darf, nicht wahr?"
Seine Tochter sah ihren Mann an, dann sagte sie:
„Bitte jetzt nicht am Tisch..."
„Wieso?", fragte er. „Was ist damit?"
„Es ist jetzt beim Essen kein *Thema*."
„Ist es ein so schlimmes ‚Thema'?"
Seine Tochter blickte einmal zu dem Jungen. Dann sagte sie:
„Wir diskutieren darüber jetzt nicht. Nachher werden wir dir gern unsere Meinung dazu sagen."
Er zuckte mit den Achseln.
„Na schön. Dann also nachher..."

An ein harmonisches Zusammensein war nun natürlich nicht mehr zu denken. Die Atmosphäre blieb gespannt, sowohl Susanne als auch ihr Mann waren zu keinem entspannten Gespräch mehr fähig. Leid tat ihm vor allem Lilian, die dies alles spürte und am allermeisten darunter litt. Aber selbst der Junge litt, merkte er doch, was los war und dass er in gewisser Weise der Grund dafür war. Er versuchte, ihm gegenüber die Situation mit einem Augenzwinkern aufzulockern, aber auch das half nur begrenzt.

Als nach dem Abendessen Lilian und Martin den Tisch abräumten, sagte Susanne:
„So, jetzt können wir das besprechen. Kommst du mit?"
Verwundert erwiderte er:
„Moment mal – möchtest du nicht auf Lilian warten?"
„Nein, ich, das heißt wir, möchten es mit dir *allein* besprechen."

„Und wieso das, bitteschön? Ich denke doch, dass es sie betrifft. Ich denke, dass es gar keinen Sinn macht, das allein zu ‚besprechen', weil es vor allem und nur sie betrifft. Sie muss dabei sein."

„Wir *haben* mit ihr schon gesprochen."

Er schüttelte verständnislos den Kopf.

„Dann tut ihr es eben nochmal! Ich möchte, dass sie dabei ist. Und sie hat ein Recht darauf. Das ist ja wohl das Mindeste, was man einem inzwischen fünfzehnjährigen Mädchen zugestehen kann. Wo sind wir hier denn eigentlich?"

Seine Tochter atmete einmal scharf ein, schaute angespannt auf ihren Mann und sagte dann mit einem kurzen Blick auf Lilian gepresst:

„Also gut."

Lilian stand völlig hilflos da, Martin räumte noch weiter ab, nicht weniger betroffen von der Spannung.

Nun sagte seine Mutter ihm:

„Wenn du fertig bist, Martin, gehst du in dein Zimmer. Wir haben im Wohnzimmer etwas zu besprechen."

„Ja", erwiderte der Junge kleinlaut.

Er konnte das alles nicht fassen. Wie konnte ein einziges kleines Thema einen derartigen Druck auf eine ganze Familie legen?

Als sie zu viert im Wohnzimmer waren, schloss Susanne die Tür, ging energisch zum Sofa, wo sie sich setzte, und konnte es kaum erwarten, bis alle anderen ihrem Beispiel gefolgt waren. Sobald dies geschehen war, sagte sie mit noch immer derselben Anspannung:

„Also − was willst du jetzt noch besprechen? Wir haben es mit Lilian bereits diskutiert. Ausdiskutiert."

„Und was habt ihr mit ihr ‚ausdiskutiert'?"

„Dass das nicht zu ihr passt. Dass es, auch wenn sie es möchte, noch viel zu früh für so etwas ist."

Er fand die Anspannung seiner Tochter lächerlich – die ganze Situation eigentlich. Er kam sich vor wie auf einem anderen Stern.

„Also zu früh, ja?", wiederholte er.

„Ja. Und um es dazuzusagen – sie hat es auch eingesehen."

„Was hat sie eingesehen?"

„Dass es zu früh ist."

„Wie hat sie es eingesehen?"

„Herrgott nochmal! Verstehst du kein Deutsch? Sie hat es eingesehen! Wie sieht man etwas ein? Indem man es einsieht! Ich habe gesagt, wir haben es ausdiskutiert. Was *soll* das? Wieso mischst du dich jetzt wieder in diese Dinge hinein? Sie gehen dich überhaupt nichts an!"

Er atmete einmal tief durch.

Dann wandte er sich an Lilian.

„Lilian – hast du es eingesehen?"

Er sah sie an – und sie tat ihm so leid, gequält von der Disharmonie, von dem subtilen Zwang ihrer Eltern, von denen sie doch *verstanden* werden wollte, verstanden und akzeptiert...

„Nein...", sagte sie so leise, dass man es kaum hören konnte.

„Aber du *hast* es eingesehen!", widersprach ihre Mutter. Dann wandte sie sich an ihren Mann. „Hatte sie es eingesehen oder nicht?"

„Ja", sagte dieser. „Du hattest es eingesehen, Lilian."

Nun brach es aus ihr heraus.

„Ja – aber das war es nicht *wirklich*. Ich habe es in dem *Moment* eingesehen. Aber nur, weil ... ihr mich überredet habt."

„Lilian", sagte seine Tochter nun. „Wenn man etwas *einsieht*, hat das nichts mit Überreden zu tun. Dann geht es darum, dass man es *selbst* einsieht. Und das hattest du getan."

„Ich habe eingesehen, was ihr unter ,zu früh' versteht. Aber ich habe nicht eingesehen, warum ich es nicht trotzdem *darf*."

„Lilian, was ist das denn jetzt für eine Begriffsklauberei? Du hast es eingesehen – und weil du es eingesehen hast, wolltest du es nicht mehr. Du hattest es *eingesehen!*"

Jetzt wurde es ihm zu viel.

„Ihr habt sie einfach gezwungen, etwas einzusehen, was sie nicht wirklich einsehen konnte. Weil sie eben einmal einen Minirock *tragen* möchte. Und zwar jetzt. Einsicht hin oder Einsicht her – sie hat es nicht eingesehen. Sie hat nicht eingesehen, warum sie es nicht darf, und genau darum geht es. Dass es völliger Unsinn ist, ihr etwas zu verbieten, und sei es noch so subtil. Es ist *eure* Meinung, dass es dafür noch zu früh wäre. Ihre Meinung ist, dass sie es jetzt möchte – und zwar *genau* jetzt. Also kann es nicht zu früh sein, weil für sie jetzt genau der richtige Zeitpunkt ist."

„Das kann sie doch noch gar nicht beurteilen!"

„Sie kann es immer beurteilen! Susanne – sie ist fünfzehn! Sie ist sogar die *Einzige*, die es beurteilen kann. Du kannst es *nicht* beurteilen. Es gibt immer nur einen Einzigen, der den richtigen Zeitpunkt für etwas beurteilen kann. Und das ist man selbst."

„Oh – also bräuchte es deiner Meinung nach überhaupt keine Erziehungsberechtigten, ja? Die zum Beispiel noch ein bisschen mehr Ahnung davon haben, was heute auf der Straße los ist und passieren kann, wobei das nur *ein* Aspekt ist. Du weißt doch, wie sie ist! Und jetzt soll sie mit fünfzehn einen Minirock anziehen!? Womöglich noch auf euren Wanderungen? Neben dir – ja? Das würde dir wahrscheinlich sogar gefallen, oder?"

„Was soll das jetzt heißen, Susanne?"

„Das soll heißen, dass ich glaube, dass du gegenüber ihren Reizen auch nicht ganz unempfindlich bist!"

„Ist das jetzt hier Thema, oder was?"

„Du gibst es also zu?"

„Ich möchte wissen, wie du jetzt darauf kommst."
„Man hat so ein paar Eindrücke..."
„Eindrücke."
„Ja, Eindrücke."
„Und was für Eindrücke sollen das sein?"
„Willst du leugnen, dass sie dir gefällt?"
„Was heißt das? Gefällt sie dir nicht?"
„Du weißt genau, was es heißt. Sag es doch einfach."
„Ja, sie gefällt mir."
„Und im Minirock würde sie dir noch wesentlich mehr gefallen, richtig?"

Er musste das Terrain verlorengeben. Seine Tochter hatte seine Achillesferse gefunden. Er konnte hier nicht weiter argumentieren, ohne unwahrhaftig zu werden. Es ging nicht um den Minirock. Es ging darum, dass er seiner Tochter auf diesem Gebiet nicht gewachsen war, wenn er nicht lügen wollte. Er konnte nicht lügen – nicht in Bezug darauf. Sie war im Zimmer – und er hätte dann auch vor ihr gelogen.
Er sah Lilian an und sagte:
„Lilian – es passiert hier gerade etwas, was ich nicht wollte. Aber *hier* kann ich das nicht erklären. Deine Eltern würden mir ebenso wenig zuhören wie dir. Um den Minirock geht es überhaupt nicht, das nur nebenbei. Aber ich fürchte, um diesen musst du ganz allein kämpfen. Ich habe es versucht. Du bist alt genug, deine Entscheidungen zu treffen. Ich werde jetzt gehen. Ich bin immer da, wenn du mich brauchst. Und dir werde ich gern und jederzeit alles erklären."
Er sah die Hilflosigkeit des Mädchens – und sie tat ihm so leid. Er warf noch einen letzten Blick auf ihre beiden Eltern, dann wandte er sich zum Gehen.

„Was", sagte Susanne, „*so* willst du jetzt gehen?"
„Ja, ich gehe jetzt."

„Das möchte ich jetzt aber auch wissen", sagte sein Schwiegersohn. „Was genau hast du für Lilian übrig?"

„Sehr viel", erwiderte er. „Mehr als für euch – wenn es euch nicht verletzt."

„Das ist", sagte Norbert jetzt, „gar nicht der Punkt. Du weißt, was der Punkt ist. Was bedeutet dieses ‚sehr viel'?"

„Das geht dich nichts an, Norbert."

„Das geht mich sehr viel an. Ich bin schließlich ihr Vater."

„Trotzdem geht es dich nichts an. Oder hast du irgendwelche Befürchtungen?"

„Muss ich die haben?"

„Nein, musst du nicht. Was ist das für ein absurdes Gespräch."

„Du machst es absurd."

„Okay, das reicht mir jetzt. Ich *wollte* bereits gehen. Der Punkt ist längst überschritten."

„Moment", sagte sein Schwiegersohn nun. „Jetzt mache ich mir ernsthaft Sorgen, ob wir Lilian noch allein zu dir schicken dürfen."

Er sah seinen Schwiegersohn fest an.

„Das kann Lilian *auch* allein entscheiden. Sie weiß, dass sie mir vertrauen kann – mehr als jedem anderen."

„Mehr als jedem anderen!", wiederholte ihr Vater betont.

„Überlass es einfach ihr, Norbert."

„Das ist nicht mehr so einfach, nach dem, was du jetzt alles gesagt hast."

„Was *habe* ich denn gesagt?"

„Dass mich dieses ‚sehr viel' nichts angeht."

„Und was sind jetzt deine Bedenken?"

„Das kannst du dir doch denken."

„Nein, kann ich nicht."

„Könnt ihr nicht mal aufhören!?", rief nun Lilian in ihrer Verzweiflung.

„Ich habe gleich gesagt, dass es keine gute Idee ist, dass sie dabei ist", sagte Susanne.

„Ich gehe jetzt", wiederholte er. „Lilian – es tut mir leid! Du kannst jederzeit zu mir kommen... Du brauchst nie Angst zu haben."

Ohne sich noch einmal nach den anderen umzublicken, verließ er die Wohnung.

Er trat hinaus in den milden Märzabend. Es war ihm, als verließe er ein ganzes Leben. Wahrscheinlich war es auch so. Zurückdrehen konnte man eine Entwicklung niemals. Man konnte immer nur vorwärts – selbst wenn man dabei alles verlor. Der eigene Weg ... konnte auch sehr einsam werden.

Als er zuhause ankam, ließ er sich in seinen Sessel sinken – der immer ihr Lieblingsplatz war, wenn sie bei ihm war. Was war nun? Würde sie überhaupt noch zu ihm kommen wollen? Was würden ihre Eltern ihr sagen? Jetzt in diesem Augenblick? Wie würde ihre Gehirnwäsche aussehen? Was passiert war, war das Schlimmstmögliche gewesen. *Ihr* hätte er immer *alles* erklären können. Aber dass ihre Eltern es nicht verstehen konnten, war völlig klar. Nun verbreitete sich das Gift in ihren Gedanken – und diese Gedanken verbreiteten sich dann weiter. Sie würden mit Lilian sprechen. Und er würde vor ihr dastehen wie jemand, vor dem man *vorsichtig* sein musste – wenn man ihn überhaupt noch sehen durfte. Man konnte sich diesem Gift nicht mehr entziehen, wenn es einmal freigesetzt war. Und es war freigesetzt. Hatte er mit seiner Ehrlichkeit fünfzehn Jahre einfach vernichtet? Und auch alle Zukunft? In einem einzigen Moment – in einem einzigen Moment Lilian verloren...?

Es war für ihn eine unsägliche Erleichterung, als Lilian am Nachmittag bei ihm klingelte. Aber er sah, dass sie verwirrt war, verwirrt und befangen.

„Lilian..."

Er ließ sie herein. Er ließ sie ihre Schuhe ausziehen und ganz hereinkommen. Ein Stein fiel ihm vom Herzen, als sie sich halbwegs unbefangen wieder auf ihren Sessel setzte. Aber dann zog sie ihre Beine an und umschloss sie mit ihren Armen – was sie noch nie gemacht hatte. Er setzte sich auf das Sofa und sah sie an.

„Lilian...", sagte er noch einmal. „Frag mich, was du willst. Sag mir, was du willst. Was ... liegt dir jetzt in der Seele..."

Als sie das Wort ‚Seele' hörte, wurde sie berührt, und er sah um so mehr ihren ganzen Schmerz – den sie noch gar nicht in Worte fassen konnte. Aber nun sah sie ihn an. Und dann fragte sie in ihrer ganzen Verletzlichkeit:

„Was bedeutet dieses ‚sehr viel', Opa? Sag es mir jetzt."

Ihre Blicke begegneten sich. Er sah ihren Schmerz, ihre Verletztheit, ihre Ratlosigkeit, ihre Verwirrtheit – und ihre Sehnsucht nach Ehrlichkeit.

Und seine Augen füllten sich mit Tränen. Er musste einmal sehr scharf einatmen, weil ihn eine heftige Rührung überkam. Dann musste er sein Gesicht in seiner Hand bergen, während eine Träne über seine Wange rollte.

Er spürte ihre Berührung – aber sie sagte nichts, konnte vielleicht auch nichts sagen. Er blickte sie wieder an – und *sah* jetzt ihre Rührung, ihre Frage... Er befand sich an der Grenze der Tränen. Er hätte jetzt stundenlang weinen können – so lang, wie er sich an all die Jahre mit ihr erinnerte. An endlose Momente, ungezählte Momente, endlos schöne, ungezählt zahlreiche Momente, die alle die kostbarsten seines Lebens waren und bleiben würden. Und dies drängte das Meer der

Tränen heran... Aber er bezähmte und bezwang es so weit, dass er reden konnte, weil sie eine Antwort brauchte, weil sie gefragt hatte. ... Und so brachte er mühsam die Worte hervor – und langsam fand er eine Ruhe...

„Lilian... ‚Viel', ‚sehr viel' bedeutet ‚unendlich viel'. Du hast immer gespürt, wieviel du mir bedeutest. Denn dass du dich so wohl fühlest, Lilian, das war nur die Gegenseite. Du hast dich so wohl gefühlt, weil ich dich *so geliebt* habe! Niemanden mehr als dich. Weil ich für dich immer grenzenlos da war. So gern... Und wenn du mich eines Tages oder schon jetzt nicht mehr so lieben solltest, wie du mich geliebt hast – ich würde es nicht bereuen. Und wenn ich es mir aussuchen und mich noch einmal entscheiden könnte, würde ich dich wieder *genauso* lieben, vielleicht sogar noch mehr... Für mich ist es unbegreiflich, was daran schlecht sein kann, jemanden zu lieben, Lilian. Ich –"

„Aber *wie* liebst du mich, Opa?", unterbrach sie ihn.

Er blickte in ihre gequälten Augen.

„Sag *du* es mir Lilian", bat er leise. „Was meinst du... Ich meine – mit deiner Frage. Sag es mir. Bitte, Lilian...“

„Du weißt doch sicher", antwortete sie ebenso leise, „wie ich *nicht* geliebt werden möchte?“

„Lilian", erwiderte er bittend, „*hast* du dich denn je so geliebt gefühlt, wie du es ... nicht wolltest?“

„Nein...“, sagte sie leidvoll. „Hatte ich nicht... Aber ... du liebst mich offenbar noch anders.“

„Anders.“

„Ja, anders. Du *hast* es doch gestern zugegeben, oder? Und Mama sagt auch, du guckst mich auch anders *an*.“

„Wie gucke ich dich an, Lilian?“

Sie sah aus, wie wenn etwas in ihr weglaufen oder verzweifeln wollte. Sie wurde ganz zappelig. Dann sagte sie hilflos und in zarter Heftigkeit:

„Ich dachte, du bist *ehrlich*, Opa! Warum sagst du es denn nicht! Sag es doch bitte! Sag es doch nur! Sag es doch bitte ganz, ganz ehrlich! Wie *liebst* du mich?"

„Lilian", erwiderte er betroffen. „Ich *will* ehrlich sein. Ich möchte ehrlich sein. Ich werde ehrlich sein. Ich möchte nur nicht, dass alles zwischen uns kaputtgeht. Ich möchte, dass du es verstehst. Es ist so kompliziert! Eigentlich gar nicht – und doch wieder doch. Du bist erst fünfzehn. Und du bist schon fünfzehn. Was verstehst du Lilian? Was willst du? Wie willst du *nicht* geliebt werden? Ich tue alles, was du willst. Und was du nicht willst, tue ich nicht... Aber ... aber ich liebe dich nun einmal. Und ... ja, Lilian, du *kannst* mich jetzt verurteilen. Das kannst du tun. Denn ich liebe dich wirklich mehr, als du denkst. Wenn du mich dafür verurteilst, kann ich es nicht verhindern. Ich ... ich sage es dir. Gegen die Liebe ist man machtlos... Man kann sie unterdrücken. Aber wie kann man die *Liebe* unterdrücken, Lilian? Sag es mir. Ist das richtig? Ist das falsch? Ach, Lilian – wie kann man es überhaupt erklären? Wir alle wollen einander verstehen. Aber kann man jemanden überhaupt bis zuletzt *verstehen*? Ich habe immer so sehr versucht, dich zu verstehen – und ich *habe* dich immer bis in alle Tiefen verstanden, und ich hoffe so sehr, dass du das gespürt hast... Aber ... jetzt bist du an einem Punkt, wo du ... wo du auch mich verstehen könntest. Aber das wird nicht einfach sein, Lilian. Das musst du wirklich wollen. Es wäre dein größtes Geschenk für mich... Das Geschenk, von dir nicht verurteilt zu werden... Das Geschenk, von mir nicht enttäuscht zu sein... Das Geschenk, dass du *deine* Liebe nicht zurückziehst... Auch dein Vertrauen nicht... Aber ... aber es hängt alles davon ab, ob du verstehst... Denn ... wenn du *nicht* verstehst... Dann bleibt deiner Seele nur die ... die Flucht, die Abwehr, die Verurteilung, und dann werden sich deine Wege von den meinen trennen, weil *du* gehen wirst..."

Er atmete einmal tief ein – er war so tief dankbar, dass sie ihm noch immer zuhörte. Und wieder füllten sich seine Augen mit Tränen... Dann musste er doch einmal aufschluchzen...

„Lilian – ich habe um deinetwillen so viel getan... Du hast so viel erreicht... Dass ich an die Seele glaube. Die Seele, Lilian! *Deine* Seele hat mich an die Seele glauben lassen. Es war deine Seele! Ach! Wie kann man das nicht lieben – unendlich lieben...“
Er sah ihre Rührung, sie wollte fast zu ihm eilen, aber er schüttelte den Kopf.

„Nein – bleib, Lilian, bleib da... Du musst es doch verstehen. Du ... du hättest es am liebsten, wenn ich *nur* deine Seele lieben würde. Aber – aber das bist nicht du, Lilian! Du bist mehr als das. Du bist *so* ein wunderschönes Mädchen... Und das *meine* ich wirklich. Und es tut mir so leid ... ich liebe auch *das*. Muss ich mich jetzt schämen, Lilian? Muss ich mich schämen, dass ich auch diese Schönheit liebe? Du *bist* schön! Das interessiert dich alles noch nicht. Oder ein Opa darf das nicht sehen. Aber er sieht es trotzdem. Und er liebt es trotzdem. Was soll ich sagen, Lilian? Ich habe kein Recht dazu, nicht wahr? Ich darf es nicht. Ich darf nicht deine unglaubliche Schönheit lieben. Aber sie *ist* so unglaublich schön. Für mich gibt es kein schöneres Mädchen. Aber das darf ich nicht sagen. Für mich ist diese Schönheit verboten. Ich darf sie nicht einmal sehen. Ich darf sie nicht empfinden. Ich darf mich nicht in sie verlieben. Aber was heißt das schon? Es geschieht trotzdem... Und man sieht dieses wunderschöne Mädchen in diesem wunderschönen Kleid, für das sie sich so schämt – und man versucht, ihr den Mut zu geben, wie eine Königin *ihren* Weg zu gehen. Und man liebt sie mit allem – mit ihrer Seele, mit ihrem Kleid, mit ihrer unglaublichen Schönheit, und es ist alles nicht zu trennen, verstehst du, Lilian? Es ist *nicht zu trennen!*“

Er sah sie an und sah ihre Abwehr, ihre Sehnsucht nach dem, was vorher war, ihre fehlende Kraft, es zu verstehen, aber auch ihr Bemühen...

„Lilian ... du irrst dich, wenn du glaubst, dass körperliche Schönheit *nicht* berührt... Sie berührt ganz genauso. Und sie vertieft die Liebe... Aber, ja, auf diesem Gebiet hat man keine Chance. Du kannst mich verurteilen, Lilian, dass ich mir eine Chance *gewünscht* hätte. Eine Chance, nicht nur neben einer wunderschönen Marian zu gehen – sondern auch ein Robin Hood zu sein. Eine tiefe Rührung, als dieses wunderschöne Mädchen mir sagt, früher hätte es einmal gedacht, es würde mich heiraten. Und hielt sich dafür noch für dumm, meinte, ich würde es für dumm halten. Und wusste nicht, wie sehr es geliebt wurde... Und ja, natürlich konnte ich es ihm niemals zeigen, denn es hätte es nicht verstanden – und versteht es ja noch immer nicht, und will es auch nicht, und deswegen habe ich es auch nie gezeigt, weil das ja klar ist. Ich war dir immer der, den du *gebrauchst* hast, Lilian. Und alles andere habe ich nur *heimlich* immer mehr geliebt, je schöner du wurdest... Anders ging es ja nicht. Und ich war dankbar, dass du mich als den liebtest, der ich für dich war. Ich habe mir solche Mühe gegeben, dich besser, mehr, tiefer zu verstehen als jeder andere – und es machte mir keine Mühe, denn ich liebte dich ja. Was man liebt, versteht man bis auf den Grund...
Und da stehe ich nun – mit meiner hilflosen Liebe vor dieser Schönheit. Und du wirst eines Tages Jungen kennenlernen und dich in sie verlieben – und sie werden dich auch lieben oder auch nicht lieben. Und du wirst die Sehnsucht haben, verstanden zu werden – und sie werden dich verstehen oder auch nicht verstehen. Wie tief werden sie dich verstehen? Der eine Junge, den du lieben wirst, wie tief wird er dich verstehen? Wird er alles für dich tun wollen, weil er dich unendlich liebt? Wird er dich verstehen können? Oder wirst du dich nur nach Verständnis sehnen und an einen Punkt kommen, wo du

leiden musst ... leiden daran, dass du dich nicht verstanden fühlst, nicht bis in die Tiefe ... deiner Seele? Wird der Junge an eine Seele glauben, Lilian? So sehr, wie du daran glaubst? Wird er die Tiere so sehr lieben wie du? Wird er sie auch nicht essen? Und wie sehr wird er dich lieben, Lilian? Wie sehr wird *er* auch deine körperliche Schönheit lieben? Aber bei ihm wirst du es zulassen, denn da möchtest du auch das. Aber dass deine Schönheit *immer* berührt, das kannst du nicht verhindern. Und ich rede und rede, Lilian. Und es ist doch immer nur dasselbe, was ich sagen will..."

Wieder traten ihm die Tränen in die Augen.
„Dass ich dich von Anfang an über alles geliebt habe. Und dass ... das nur immer *mehr* wurde, je schöner deine Seele wurde und ... auch deine äußere Schönheit... Ich weiß nicht, wie du das verurteilen willst, Lilian. Aber – *verurteile* es, wenn du kannst!"
Nun musste er hilflos aufschluchzen, und er barg sein Gesicht endgültig in beiden Händen...

Und da war sie bei ihm, und er fühlte ihre Hand auf seinem Rücken. Und er weinte immer weiter...
„Opa...", sagte sie schließlich. „Hör doch jetzt auf zu weinen... Bitte..."
Und er hatte ihr noch nie eine Bitte abschlagen können. Um ihretwillen konnten sogar Tränen versiegen, sie würden dann ein andermal fließen, wenn sie sie nicht sehen würde...
„Ich verurteile dich nicht...", sagte sie sanft.
„Nein...?", fragte er mit noch tief wunder Seele.
„Nein."
„*Danke*, Lilian..."
Er musste sich auf einmal daran erinnern, wie oft *sie* ihm so lieb und innig gedankt hatte.

„Aber darf ich noch etwas fragen?", fragte sie vorsichtig.

„Du darfst immer fragen, Lilian. Das wird auch immer so bleiben..."

„Stimmt es, was Mama sagte – dass es dir sehr ‚gefallen' hätte, wenn ich einen Minirock angehabt hätte?"

„Ja und nein, Lilian. Ich habe dich in deinem Wunsch nach einem Minirock keine Sekunde lang unterstützt, weil *ich* das wollte. Ich habe nicht einmal daran gedacht. Eigentlich mag ich gar keine Miniröcke. Meistens machen sie es hässlicher. Allerdings glaube ich, dass *du* gar nichts tragen kannst, was hässlich ist – alles was du trägst, wird schon *dadurch* schön. Aber ich kann mir nicht vorstellen, dass etwas noch schöner ist als das grüne Kleid, das du nur einmal trugst. Das ist das Eine, Lilian. Ich muss keine nackte Haut sehen. Ich sehe deine Schönheit *überall*.

Dennoch ist es *deine* Schönheit. Und am verletzlichsten, am schutzlosesten ist man natürlich unbekleidet. Deswegen ist ja das Gesicht so wunderschön. Oder der Hals, der Nacken – und alles, was man noch darunter ahnt. Es geht nicht darum, jemanden nackt zu sehen, Lilian. Darum geht es vielen auch. Aber das ist nicht das Geheimnis. Das Geheimnis ist die unglaubliche Schönheit... Die sieht man nur, wenn jemand nicht nackt sein *muss*. Aber die Anziehung bleibt. Im Grunde *möchte* man diese Schönheit streicheln... Man möchte sie lieben, man möchte sie auch *so* lieben dürfen. Und ... Lilian, wenn du mich nicht verachtest... Wenn man etwas so unendlich liebt, dann möchte man mit ihm alles... Man würde, wenn sie es zuließe, mit ihr ins Bett gehen wollen – einfach weil es nicht Schöneres, nichts Zärtlicheres gibt, Lilian. Du wirst das alles noch verstehen, weil du es selbst auch wollen wirst, mit *einem* Jungen. Und, Lilian, verurteile niemanden, der dies mit *dir* möchte, auch wenn du ihn nicht liebst. Er liebt dich – und du kannst dir nicht vorstellen, was für ein unendliches Geschenk die Liebe ist. Immer... Immer, wenn sie sich nicht aufdrängt. Ich habe dir meine Liebe nie aufgedrängt. Ich weiß, dass ich...

Weißt du, wirklich lieben kann man immer nur *einen* Menschen. Und wenn dir ein Junge deine Liebe schenkt, selbst wenn du ihn nicht liebst, wisse, wenn er sich dir nicht aufdrängt, dass er dir das Heiligste geschenkt hat, was er hat... Mehr gibt es nicht. Es ist seine *ganze* Seele..."

Sie sah ihn mit großen Augen an.

„Ist es ... auch *deine* ganze Seele, Opa?"

„Ja, Lilian. Ich habe nie jemandem tiefer meine ganze Seele geschenkt als dir. Niemandem..."

„Aber wieso mir..."

„Weil ich nie etwas Schöneres gesehen habe..."

„Aber wie denn – wie kann denn das sein?"

„Ja, wie kann das sein, Lilian... Das habe ich mich auch oft gefragt. Wie es sein kann, dass es *einen* einzigen Engel auf Erden gibt..."

„Ich bin kein Engel, Opa."

„Doch – du wolltest es sogar sein, für mich. Und das warst du."

„Aber du wolltest es dann auch sein."

„Ja – und ich wünsche mir noch immer, dass ich es für dich auch wirklich war..."

„Ja, das warst du, Opa..."

Eine Woge der Rührung überkam ihn.

„Ich danke dir so sehr, Lilian... Ich danke dir so sehr für dein Bemühen, immer wieder, alles zu verstehen. Auch das kann niemand so sehr wie du..."

„Außer du..."

„Ja... Wir beide können das..."

„Mama sagte, ich darf nur eine Stunde bei dir sein."

„Sie hatte Angst, nicht wahr?"

„Ja, ich denke schon."

„Und du? Lilian, verstehst du es jetzt? Verstehst du mich jetzt? Oder hast du noch eine Frage? Viele Fragen... Bitte frag mich immer... Ich möchte alles tun, damit du mich nicht verachtest..."

„Ich verachte dich nicht, Opa."

„Oder das Gefühl hast, du müsstest dich von mir zurückziehen."

„Das habe ich nicht. Nicht mehr..."

„Wirklich, Lilian?"

„Ja."

„Alles, was ich dir gesagt habe, stört dich nicht?"

„Ich kann es jetzt irgendwie verstehen, Opa."

„O, mein Gott, Lilian. Es ist so unglaublich schön. Ich bin so unglaublich glücklich..."

„Ich auch."

„Weil jetzt alles wieder gut ist?"

„Ja... Ich glaube schon..."

„Bitte sei vorsichtig mit dem, was du deinen Eltern erzählst. Sie werden nicht dasselbe verstehen wie du. Sie *werden* mich verachten."

„Ja, ich werde vorsichtig sein, Opa."

„Danke, Lilian. Ich bin dir so unglaublich dankbar..."

„Ich dir auch, Opa?"

„Du? Wofür?"

„Weil du so ehrlich bist. Und so lieb. Du bist viel lieber, als sie denken. Ich weiß es jetzt... Ich wusste es eigentlich immer. Aber ... du hast Recht. Es war schwer zu verstehen. Ist es noch immer. Aber nicht unmöglich. Es ist seltsam, dass ein Opa nicht nur ein Opa ist, sondern vielleicht auch ein Robin Hood, nicht wahr? Aber ... wenn man wirklich an die Seele glaubt, muss es doch so sein. Es ist doch nur der Körper, der älter wird, nicht wahr, Opa?"

„O, Gott, Lilian – daran habe ich noch gar nicht gedacht. Du hast selbst die *Weisheit* eines Engels. Nicht tausend Erwachsene wären auf so einen Gedanken gekommen!"

„Opa, bitte übertreib nicht."

„Ich übertreibe nicht."

„Ich wollte nur sagen, dass ich es ein bisschen verstehen kann."

„Ja, Lilian – nur das wolltest du sagen... O, mein Gott, ich bin so froh..."

„Ich gehe dann jetzt, Opa."

„Ja..."

„Und dann komme ich morgen wieder..."

„Ja, Lilian. Ich werde voller Glück und Dankbarkeit auf dich warten. Ich meine es so, Lilian! Ich kann es nicht beschreiben..."

„Opa – es ist nichts... Du brauchst nicht so dankbar zu sein..."

„Doch. Ich bin es. Es *ist* niemand so wie du, Lilian. Lass dich nicht von deinem Weg abbringen..."

„Nein, tue ich nicht, Opa. Jetzt nicht mehr..."

*

Als sie ging, fühlte er eine fast unwirkliche Welt. Es war ein Wunder geschehen. Er würde sie nie im Arm halten können, nie *so*... Aber das hatte er auch nie hoffen dürfen. Doch dass sie verstand, dass er sie liebte, ohne jede Ausnahme, das war ein Wunder. Auch das hatte er nie hoffen dürfen, das wusste er jetzt... Und doch war *sie* das Wunder. Es war ihr Wesen, dass sie es trotz allem verstand. *Sie* war das Wunder...

Noch immer hatte er das Gefühl, dass ein Engel durch das Zimmer gewandelt war, alles mit seinem mächtigen Flügel heiligend... Und von neuem sammelten sich die Tränen in seinen Augen...

Als sie sich nach zwei Wochen für eine große Wanderung trafen und sie bei ihm klingelte, traf es ihn wie eine heftige Erschütterung – denn sie stand vor ihm in einem Minirock. Und nicht nur das, sogar ihr Bauch war ein wenig frei. Alles war ein zauberhaftes Schwarz. Das Oberteil hatte Ärmel, die den halben Oberarm bedeckten, der Rock, der in leichte Wellen auslief, also wirklich ein Rock war, bedeckte knapp mehr als ihre halben Oberschenkel. Im Grunde war sie die Verführung in Person. Aber sie stand vor ihm ganz unschuldig – und das war *noch* verführerischer.

„Lilian...", fragte er mühsam. „Was hast du *vor?*"
„Ich will mit dir nur spazieren gehen. Das wollten wir doch..."
„Aber so?"
Mit leiser Bestürzung fragte sie:
„Findest du das jetzt *nicht* gut?"
„Du weißt ja, was ich denke, Lilian, aber ... weiß deine *Mutter* das überhaupt?"
„Ja! Das war wirklich ein Kampf! Ich meine, dass ich mir das gekauft habe. Ich habe es ja mit meinem eigenen Geld gekauft. Ich glaube es selber noch nicht, weil das meine wochenlangen Ersparnisse waren. Aber ich möchte das jetzt einfach mal machen, Opa. Ich möchte es. Mama ist *richtig* sauer. Aber das kann ich jetzt nicht ändern..."
„Komm erstmal kurz rein... Und dein Vater?"
Sie kam herein und zog ihre Schuhe aus.
„Papa genauso. Sie sagen, jetzt drehe ich völlig durch, und das wird noch schlimm enden."
„Und trotzdem haben sie dich gelassen?"
„Sie mussten. Wir ... wir haben uns wirklich angeschrien..."
„Du *auch?*"
„Ja, ich auch. Tut mir leid, Opa... Du denkst immer, ich bin ein Engel. Aber du ... hast doch selbst gesagt, dass ich das jetzt allein schaffen muss. Es *ging* nur mit Schreien... Du

weißt, dass ich das eigentlich gar nicht wollte. Ich wollte nicht schreien. Aber ich musste... Ich *muss* das machen, Opa. Du verstehst mich, oder?"

„Ja, ich verstehe dich. Und solange ich dabei bin, kann dir hoffentlich auch nichts passieren. Aber eines will ich dir noch sagen, Lilian."

„Was denn?"

„Deine Eltern haben schon Recht. Ich meine damit, dass auf den Straßen einiges los ist. Und dass du in deiner Unschuld das noch gar nicht verstehst. Denn du bist *wirklich* ein Engel. Aber die da draußen sind keine. Und es reicht *einer*, der sich nicht an die Grenzen hält, verstehst du... Du kannst gar nicht so schnell gucken, wie du ... wie du verletzt wirst. Innerlich und äußerlich. Es gibt Männer und Jungen, die betrachten so etwas als *Einladung*. Ganz buchstäblich. Sie sagen: Das Mädchen wollte es ja. – Und ich sage es ganz ehrlich, Lilian. Du siehst wirklich aus wie ein verführerisches Geschenk. Man *möchte* dich auspacken..."

Er sah, wie ihre Augen einen bestürzten Ausdruck bekamen. „Lilian ... das ist das Schlimme der anderen Menschen. Die so denken. Es ist nicht deine Schuld. *Du* bist wunderschön, Lilian. Aber die Gedanken anderer Menschen sind oft weit weniger schön. Sie können regelrecht schmutzig sein... Weißt du ... du bist *so* unglaublich schön ... ich würde dich *auch* so gern ... nun ... ein Geschenk kann man unglaublich zärtlich auspacken, nicht wahr? Aber es liegt an dieser *Schönheit*, Lilian, dass alles in einem spürt, nein, sich danach sehnt. Und du bist so unschuldig, dass es sogar so *aussieht*, als wolltest du sagen: Ich bin *da*, um ausgepackt zu werden... Es tut mir so leid, dir das zu sagen, Lilian! Aber so ist die Welt. So fühlen die Menschen. Das ist nichts Schlimmes. Ich kann es nur wiederholen. Es ist etwas Wunderschönes. Aber du *willst* das natürlich nicht. Und trotzdem ist jedes bisschen schöne, freie

Haut wie eine Einladung: Nimm dir zärtlich auch den Rest...
Das ist doch der Zauber dieser Mode, Lilian. Dass sie so
unglaublich schön ist, dass sie die Schönheit des Körpers
darunter nur hervorhebt... Es ist wie eine wunderschöne Verpackung. Und wozu ist eine Verpackung da? Damit man neugierig auf das wird, was drin ist... Lilian, du bist wirklich eine
einzige Verführung, wie du da sitzt, in diesem schönen, wunderschönen, knappen Kleid. Selbst das Schwarz ist wunderschön. Es ist so schlicht, und zugleich ein so tiefer Kontrast
zu der weichen, zarten, hellen Haut..."

„Kann ich mich umziehen, Opa?", klagte sie leidvoll. „Aber
ich habe gar nichts dabei..."
„Das ist nur die *eine* Seite, Lilian. Ich bin noch nicht fertig.
Ich wollte nur, dass du dies alles weißt. Aber wie gesagt, es
ist eigentlich wunderschön – denn du bist in diesem Kleid, in
diesem Oberteil schöner als je zuvor. Selbst das Kleid von
Marian ist nur *genauso* schön – aber dies hier ist unendlich
verführerischer, also in gewisser Weise *noch* viel schöner. Du
willst das nicht. Aber du wolltest ein Minikleid tragen. Und
das ist die Wirkung eines Minikleides – es verführt, weil es
die Schönheit seiner Trägerin unendlich hervorhebt.
Und warum trägst du deinen Bauch frei, wenn du nicht ver-
führen willst? Du willst es vielleicht unschuldig, du weißt
vielleicht gar nicht, dass du es willst. Aber deswegen sage ich
noch einmal: Verführung ist etwas Schönes. Solange sich die
anderen an die Grenzen halten. Aber du weißt nicht, wozu sie
dann verführt werden... Aber das musst du wissen, dass das
gefährlich ist, weil du nicht weißt, worauf du da draußen
stößt. Und denk dran, es gibt Männer die sagen: Sie *wollte* es
ja. Und es gibt auch Männer, die können einen mit Pfiffen
und Bemerkungen so ausziehen, dass man glaubt, man steht
vor ihnen völlig nackt da...
Aber die andere Seite ist – dass du für *dich* dieses Kleid
tragen wolltest, zunächst einmal für niemanden sonst. Und

dass du es tragen wolltest, um es auszuprobieren. Um die Grenzen kennenzulernen. Vielleicht auch, weil es so unglaublich schön frei ist, bis weit hoch in die Beine. Aufregend frei. Luftig wie der Frühling. Frisch wie die Sonne. Und der Bauch genauso. Die Arme. Und diese wunderschön halblangen Ärmel. Unglaublich schön sind sie... Vielleicht spürst du nur die Schönheit und die Leichte von all diesem. Und du willst es einfach ausprobieren – du *willst* es. Du wolltest es, Lilian. Lass dich in deinen Wünschen nie von *anderem* beeinflussen. Nimm das Andere zur Kenntnis, aber entscheide dann trotzdem selbst. Ganz selbst. Schäm dich nicht, als seist du jetzt schon nackt. Das denken die *Anderen*. Aber du hast etwas völlig anderes gedacht. Und das ist entscheidend – nicht das, was die Anderen denken. Das, was *du* denkst! Das, was du wünschst! Das, was du wolltest. Das, wofür du so viel Geld gespart hast – um es glücklich auszugeben, weil du endlich einmal tust, was du willst, du allein! *Das* ist dein Weg, Lilian. Kein anderer..."

Sie musste aufschluchzen.
„Ach, Opa – warum kann es nur keiner so erklären wie du? Niemand außer dir? Ich – ich habe mich wirklich so gefühlt... Ich wollte das Kleid, alles, so schnell wieder ausziehen wie nur möglich. Ich habe mich *so* geschämt... Und jetzt – jetzt sagst du wieder all diese schönen Sachen, und ich *weiß* wieder, warum ich es gekauft habe – und ich weiß nicht, was ich tun soll! Es ist so furchtbar...!"
„Ach, Lilian, komm mal her..."
Und sie kam zu ihm, in tiefster Unschuld, und ließ sich umarmen, mit diesem Hauch von Nichts auf ihrem Leib...
Er streichelte sie, fühlte ihren zarten Arm, am Übergang von dem schwarzen, weichen Stoff zu ihrer sanften, weichen Haut...
„Wir können es ganz genauso machen wie mit dem grünen Kleid im letzten Jahr. Du kannst es *einfach wagen*. Es war

deine ur-ureigenste Entscheidung, dein wunderbarer, freier Wille. Und wir können es einfach wagen. Du bist so glücklich hier angekommen. Und wenn du dieses Glück wiederfindest, Lilian, dann besteht doch gar kein Zweifel, was du tun sollst – weil du es tun *willst*. Wolltest und noch immer willst. Und die Königin steht sanft sogar über allem Spott, weil sie nicht den Weg der anderen geht, sondern *ihren* Weg..."

Sie lehnte ihren Kopf an seine Brust.

„Und wenn es schlimmer wird als letztes Jahr?"

„Dann muss die Königin stärker, schöner und friedlicher, stolzer und unerschütterlicher sein als letztes Jahr. Aber sie ist ja auch ein ganzes, großes, weises Jahr älter..."

„Also gut, Opa...", sagte sie mit einem tiefen Durchatmen.

„Wagen wir es... Ich *wage* es... Mit dir..."

*

Als er an diesem Abend wieder allein in seinem Sessel saß, den er um so mehr liebte, je öfter *sie* darin gesessen hatte, erinnerte er sich an einen weiteren wundervollen Tag mit ihr. Um jedes Risiko auszuschließen, hatte er begangenere Wege gewählt. Dies hatte ihnen zwar sehr viel mehr Blicke eingebracht. Aber damit war sie zurechtgekommen. Sie hatte sich daran gewöhnt – und sie hatte sich immer wohler gefühlt, einfach das getan zu haben, was sie immer gewollt hatte: einmal mit einem Minirock hinauszugehen, einfach so...
Und über die zahlreichen kopfschüttelnden Blicke vor allem älterer Menschen ging sie grandios hinweg wie eine unendlich sanfte Königin, die ihren eigenen Weg fand – und bald bemerkte sie diese Blicke gar nicht mehr. Sie hatte es fantastisch gemacht... Er war so unglaublich stolz auf sie. Und einmal mehr ließ die namenlose Dankbarkeit seine Augen feucht werden...

Sie hatte alles versucht, damit er wieder mit ihnen an einem Tisch sitzen konnte – und auch er hatte alles versucht, zumindest zu ertragen, denn verteidigen konnte er sich schlecht. Aber die Situation blieb unmöglich. Es war ein Gewirr aus nicht Ausgesprochenem und unbestimmter, aber auch ganz offener Ablehnung. Er musste ihre übrige Familie meiden, es erwies sich als unausweichlich.

Seltsamerweise spürte er nur eine leise Enttäuschung, keinen Schmerz. Es war merkwürdig, wie schnell dies ging, wie leicht. Kaum war ‚dies' im Spiel, wurde man völlig abgelehnt, wurde und war man ein Ausgestoßener, ein Gezeichneter, ein Verurteilter. Er hatte gesehen, wie die Urteile in ihnen steckten, wie sie sie gar nicht loswerden oder verändern *konnten*. Sie konnten so viel verändern, wie sie wollten, die Verurteilung blieb. Sie konnten sie sogar verbergen, es versuchen, sie blieb dennoch ganz offensichtlich. Bisher war er der Großvater, der unglaublich hilfreich für die Kinder da war. Jetzt war er der Großvater, der ‚zu viel' für die Enkelin übrig hatte... Ausgestoßen, ganz ausgestoßen...

Und das Seltsame war, dass ihn dies alles nur leise fassungslos machte, vom Verstand her, vielleicht auch vom Herzen her, aber nur von *ihrem* Herzen her, von ihnen, die ihn ablehnten. Ihn selbst berührte es seltsam wenig. So sehr bedeutete *sie* ihm alles, dass die Ablehnung, die Verurteilung, die Vorwürfe ihn nur wie ein ferner Nebel erreichten. Das Einzige, was für ihn zählte, war *ihre* Ablehnung oder Zuneigung. Und das Seltsame war, dass *sie*, um die sich alles drehte, ihn gar nicht ablehnte. Leise fragte er sich, dass dies doch auch die, die ihn ablehnten, verwundern müsse, aber es war ihm gleichgültig. Es war alles irreal, so kam es ihm vor. Eine Welt, gespalten in *sie*, die er liebte, die ihm so viel bedeutete, und in alles andere, das dadurch unwesentlich wurde... Dass durch seine Verurteilung selbst in die Unwesentlichkeit hineintrieb...

Er akzeptierte die Einsamkeit. Er war nicht einsam, denn sie war da. Dass er von allem anderen abgeschnitten wurde und jetzt war, war ein hoher Preis, das war zu spüren. Die Radikalität dieser Veränderung war zu spüren. Aber der Preis war nicht zu hoch. Zu hoch wäre alles andere gewesen – sie zu verlieren. Dieser Preis wäre *immer* zu hoch gewesen, denn um sie ging es ja gerade. Er bezahlte jeden Preis gern ... für sie...

*

Der Sommer begann zaghaft schon Anfang Juni. Sie hatten sich für diesen Samstag eine noch unbekannte Gegend ausgesucht und wanderten langsam durch meist offenes Gelände von Wiesen und Feldern. Das friedliche Leben der Natur war geradezu handgreiflich spürbar.

„Es wird nie wieder so sein wie früher, nicht wahr?"
Sie ging neben ihm. Sie trug jetzt wieder leichte, lange Kleider, wie früher. Heute war es ein ganz in zurückhaltenden Pastellfarben auf leicht beigem Grund gehaltenes Kleid, das einfach nur zauberhaft aussah – für jeden. Zarte Blumenmuster...
„Nein."
„Ich verstehe noch immer nicht, wie plötzlich das alles kam..."
Sie hatte sich lange Zeit Vorwürfe gemacht, weil sie sich als die Hauptschuldige an dieser Entwicklung fühlte, nicht nur, weil es um sie ging, sondern auch, weil ihr Wunsch nach einem Minirock und ihre Bitte an *ihn*, ihr zu helfen, alles ausgelöst hatte. Und sie machte sich diese Vorwürfe noch immer...

„Es war nicht zu ändern, Lilian."

„Es war nicht zu ändern? Aber es ist *immer* alles zu ändern! Nichts muss je so sein, wie es ist."

„Ja, aber dazu müsste man *sich* ja ändern, Lilian."

„Und warum können sie das nicht?"

„Weil sie es von *mir* erwarten."

Sie schwieg eine Weile betrübt.

„Also sie erwarten es von dir und halten es für schlecht, was du ... was du fühlst..."

„Ja."

„Ich finde ... ich finde, es ist noch immer besser, Liebe zu fühlen, als Hass."

„Sie hassen mich ja nicht, sie lehnen es nur ab."

„Aber das ist doch auch so etwas!"

„Nun ja. Hättest du es lieber, wenn sie sagen würden: Ach, es ist ja ganz in Ordnung...!"

„Was meinst du?"

Er geriet gerade in die Rolle, ihre Eltern zu verteidigen und sich selbst anzuklagen...

„Ich meine, es ist doch nicht *normal*, dass ein Großvater seine Enkelin ... so liebt..."

„Du meinst", fragte sie verwundert, „sie *sollen* dich verurteilen?"

„Nein, ich will nur wissen – oder, ich will nur, dass du verstehst, dass es auch merkwürdig gewesen wäre, wenn sie es einfach in Ordnung gefunden hätten. *Du* hast es ja auch nicht verstanden und wolltest es nicht, hättest es vielleicht oder ganz sicher noch immer lieber, dass es anders wäre. Aber du hältst es *aus*. Du lässt es zu... Du verurteilst mich nicht und magst mich trotzdem, liebst mich trotzdem. Aber *gut* fandest du es nicht, merkwürdig fandest du es trotzdem. Sie müssen es doch mindestens genauso merkwürdig finden, Lilian. Sie sind ja schließlich für dich verantwortlich. Sie müssen dich beschützen..."

Sie dachte eine Weile darüber nach. Dann sagte sie:
„Aber trotzdem müssen sie doch finden, was *ich* finde...“
„Nun ja, sie müssen auch finden, was sie finden. Was sie für richtig halten und was nicht. Das ist dann eben *ihr* Weg.“
„Dass sie dich nicht mehr bei uns haben wollen?“
„Dass sie es nicht mehr *können*. Sie können gar nicht anders, als mich abzulehnen.“
„Aber das ist dann doch wieder schlimm ... wenn man gar nicht anders kann?“
„Ja, es ist schlimm. Aussuchen kann man es sich dann nicht mehr.“
„Aber ist es dann noch *richtig*?“

„Was heißt schon richtig, Lilian? Ihnen geht es darum, dass sie es nicht richtig finden, wenn ein Großvater seine Enkelin liebt – so liebt. Ich finde es *auch* nicht richtig, Lilian, wenn ich dir dadurch zu nahe treten würde. Und trotzdem kann ich es nicht verhindern – ich meine, dass ich ... dass ich so viel für dich empfinde. Ich weiß ja nicht mal, wann es dich stört, wann du es merkst – oder was ich lieber nicht tun sollte... Ich meine, ich *tue* hoffentlich nichts, aber ... ach, was rede ich hier, jedenfalls ... wenn schon *ich* nicht weiß, ob ich immer alles richtig mache, dann ist doch klar, dass sie es nicht in Ordnung finden...“
„Ja, das verstehe ich...“, sagte sie leise. „Aber trotzdem könnten sie mir doch *vertrauen*, wenn ich ihnen sage, dass sie sich keine Sorgen zu machen brauchen.“
„Das machen sie sich vielleicht gar nicht mehr so sehr. Aber sie finden es einfach nicht in Ordnung. Einfach nicht in Ordnung. Prinzipiell.“
„Prinzipiell...“
„Ja.“
„Es kann ja sein, dass es prinzipiell nicht in Ordnung ist. Aber wenn es trotzdem *so ist*?“
„Ja ... das weiß ich auch nicht.“

„Wenn es trotzdem so ist, muss man es doch akzeptieren..."
„Man kann nicht akzeptieren, was man nicht in Ordnung findet."
„Aber man kann doch wohl akzeptieren, wenn *ich* es ... also ich meine, wenn ich es ... akzeptieren kann?"
„Du findest es auch nicht in Ordnung, nicht wahr?"
„Doch, ich *finde* es in Ordnung. Ich meine ... wenn ich es nicht verurteile, dann finde ich es doch in Ordnung...?"
„Man kann vielleicht etwas zwar nicht verurteilen, aber doch *nicht richtig* finden, Lilian."

Sie dachte eine Weile nach. Dann sagte sie:
„Ich finde es nicht richtig, jemanden dafür zu verurteilen, wofür er gar nichts kann."
„Und wenn er etwas dafür könnte?"
„Was meinst du?"
„Dürften sie mich verurteilen, wenn ich etwas dafür könnte?"
„Wie könnte?"
„Es könnte möglich sein, dass ich mir ‚aussuchen' könnte, wie ich ... dich liebe, Lilian."
„Wie denn aussuchen?"
Er seufzte innerlich. Er hoffte immer nur, dass sie verstehen könnte, was vielleicht überhaupt nicht zu verstehen war.

„Wollen wir uns da vorne einmal hinsetzen, Lilian?"
Er deutete auf eine Bank, die an einer schönen Wegkreuzung stand. Dahinter begann auf der linken Seite ein Gehölz, während rechts die Felder weitergingen.
„Ja, gerne."
Als sie die Bank erreicht hatten und er eine kleine Weile die Ruhe genossen hatte, auch ihre Anwesenheit gespürt hatte, sagte er:
„Es ist seltsam, Lilian... In gewisser Weise kann man sich *immer* entscheiden. Weißt du, jemanden zu lieben, ist kein ‚Naturereignis'. Das ist es schon... Aber auch nicht. Denn

man könnte sich dagegen *wehren*. Der Punkt ist einfach, Lilian, ich könnte mich dagegen wehren, dich zu lieben. Ich könnte einfach dafür sorgen, dass mir das nicht ‚auffällt', dass ich daran vorbeigehe. Dass ich dich einfach nur so liebhabe, wie ein Opa seine Enkel einfach liebhat. Der perfekte Opa sozusagen. Lieb und nicht anstrengend und schon gar nicht seine *Enkelin* liebend! Das könnte ich tun. Aber ich habe es nicht getan. Es überfiel mich wirklich, Lilian. Ich habe ja versucht, es dir zu beschreiben. Du wurdest einfach immer schöner... Aber nicht *nur* äußerlich! Aber eben auch... Man kann eigentlich gar nicht verhindern, dass das dann etwas macht, mit einem. Es ... tut mir leid, Lilian. Ich *möchte* darüber nicht reden, wenn ... wenn es dir unangenehm ist, wirklich nicht..."

„Nein, Opa, ist schon gut ... rede ruhig weiter..."

„Also gut... Es ist ... ich hätte es wirklich *bekämpfen* müssen, Lilian. Ich hätte es bekämpfen können. Die ganze Zeit bekämpfen können und dann dieser Opa werden, der seine Enkelin nicht liebt. Ich meine – du weißt, wie ich es meine. Also alles ... ohne *das*. Das wäre möglich gewesen. Aber ... vielleicht kannst du das auch spüren: ich hätte ja die ganze Zeit mich selbst bekämpft. Ich kann nichts dafür, Lilian, es war mein Weg, dich zu lieben, ganz. Ich habe dafür alles aufgegeben – oder verloren, wie man es nimmt. Es war mir egal. Es war mir nichts so wichtig wie du. Aber meine Liebe liebte dich *ganz*. Vielleicht muss ich sogar sagen, dass mir nichts so wichtig war wie diese Liebe – denn ich musste mir doch sagen, dass selbst du sie nicht wollen würdest, das war doch klar? Ich hätte sie also schon um *deinetwillen* bekämpfen müssen. Aber selbst das konnte ich nicht, wollte ich nicht. Ich habe sie um deinetwillen unterdrückt, verborgen gehalten – tue das ja immer noch, immer gleich –, aber bekämpft habe ich meine Liebe zu dir nie. Doch, einige Zeit glaube ich schon. Aber dann wurde es einfach zu stark... Ich wollte meine Liebe zu dir nicht *umbringen*, Lilian. So hätte ich es empfunden... Das konnte ich nicht... Nein ... das konnte ich nicht..."

Er schaute nachdenklich auf die Felder, die vor ihnen lagen. Hoch in der Luft hörte man eine Lerche singen.
„Nein, dann kann man es auch nicht verlangen..."
Ihr guter, lieber Wille berührte ihn so sehr.
„Aber siehst du, Lilian – wenn ich so nachdenke, ist es noch immer egoistisch. Denn *ich* will dich lieben. Ich will das alles spüren, was damit zusammenhängt. Diese unglaubliche Schönheit. Diese Anziehung. Du hast etwas so unglaublich Anziehendes, Lilian. Und ich bin so egoistisch, das auch wirklich *spüren* zu wollen. Und dazu muss ich dich lieben. Und das tue ich! Ich bekämpfe es nicht, ich tue es. Ich liebe dich unglaublich. Obwohl du es nicht willst. Weil nur ich es will. Das ist egoistisch. Und – ich kann es *trotzdem* nicht verhindern. Ich muss es, Lilian. Ich muss es einfach... Ich weiß nicht, ob du das überhaupt noch verstehen kannst."
„Du willst diese Anziehung spüren? Dass ich dich anziehe?"
„Ja..."
Sie dachte nach – und er schämte sich.
„Und wenn ich dich bitten würde, das nicht mehr zu wollen?"
„Alles ohne das?"
„Ja?"
Verzweifelt sagte er:
„Lilian – ich *könnte* es nicht! Ich würde dich trotzdem lieben – dann eben noch heimlicher... Es ... es tut mir leid..."

Sie senkte den Kopf.
„Ja... Ich hab auch nur gefragt... Ich wollte es nur wissen. Es wäre ... auch egoistisch, *das* zu wollen, wenn du es gar nicht kannst."
„Ich könnte es. Erwachsene können mehr, als man denkt. Aber ich müsste diese Liebe dann *abtöten*. Wie kann ich

meine Liebe zu dir aus Liebe zu dir abtöten? Dann würde die eine Liebe die andere töten. Ich weiß nicht, wie das gehen soll."

„Ja..."

„Und trotzdem würde es gehen. Ich müsste einfach nur aufhören, dich schön zu finden. Ich müsste mich selbst verleugnen. Du müsstest mir so gleichgültig sein wie Martin – oder jeder andere Mensch. Ich dürfte dich einfach nur als Enkelin lieben, wie ein Opa. Das könnte ich tun. Aber dann wäre alles weg, was ich *wirklich* liebe. Ich liebe dich ganz, Lilian. Ich habe dir gesagt, dass ich nie jemanden so sehr geliebt habe wie dich. Und das ist wahr. Ich *könnte* das abtöten. Aber dann wäre von mir fast nichts mehr übrig... Das bin ich, Lilian. Ich habe mich entschieden, dich zu lieben. Das ist mein Weg. Ich werde niemanden sonst mehr lieben. Du bist die Einzige, die ich je *so* geliebt habe... Ich kann mich nicht selbst töten... Ich könnte es. Aber dann wäre ich nur ‚Opa'. Ich habe mein ganzes Leben lang versucht, der zu sein, der ich bin – und mich nicht nach anderen zu richten. Jetzt kann mich die ganze Welt verurteilen, dass ich dich liebe. Sogar du... Ich könnte es trotzdem nicht verhindern. Ich würde es nicht wollen – und nicht können – aber auch nicht wollen. Selbst wenn du mich verurteilen und dich von mir zurückziehen würdest, würde ich nicht auf meine Liebe zu dir verzichten können, Lilian. Ich versuche alles, um diese Liebe zu *verbergen*. Aber – – aber das ist das Einzige, was ich tun kann..."

„Ja, aber dann *bleibt* doch gar nichts anderes, Opa..."
„Ich wollte dir nur sagen, dass es ginge, dass es gegangen wäre..."
„Aber du hast doch gerade gesagt, dass es *nicht* gegangen wäre."

„Aber es ist egoistisch. Ich habe nicht an dich gedacht, sondern an mich, sozusagen. Ich habe dich *geliebt* – aber du wolltest so nie geliebt werden. Und trotzdem war auch meine übrige Liebe nie von der anderen getrennt. Ich kann sie nicht trennen! Es war immer die gleiche. Aber ich hätte einfach nur Opa sein können, meiner Rolle genügen, sogar ein guter Opa sein. Ich hätte mich nicht davon anziehen lassen dürfen, dass du ein schönes Mädchen wurdest, ein so unendlich besonderes Mädchen. Du hättest für mich nicht *du* sein dürfen, sondern einfach nur meine Enkelin, wie jeder andere Opa auch Enkelinnen und Enkel hat. Alles gleich. Immer ein guter Opa. Den man liebhaben kann und liebhat. Mehr nicht. – Aber du *warst* du, Lilian... Und du hast mich überwältigt wie ein Erdrutsch. Du konntest nicht das Geringste dafür – und doch hast du es getan. Du warst du, und du hast mich einfach überwältigt... Ich habe mich sogar dagegen gewehrt, aber irgendwann nicht mehr...

Als ich deiner Anziehung erlegen war, habe ich sie immer *mehr* gespürt – und mich nicht mehr dagegen gewehrt. Auch nicht gegen meine Sehnsucht, gegen meine Liebe. Ich habe mich nicht dagegen gewehrt. Obwohl du es nicht wolltest. Obwohl ich mich manchmal wie ein Verräter empfand, weil du es nicht einmal wusstest. Aber ich wollte dir nie etwas antun – auch damit nicht. Ich habe mich *geschämt*, dass du es nicht wusstest. Und trotzdem konnte ich das alles nicht umbringen, Lilian... Es war ja auch zu schön. *Du* warst zu schön, und alles, was ich empfand, wann immer ich dich sah, auch... Das ist in jedem Moment so. Ich verstehe, wenn man das verurteilt. Ich verstehe sogar, wenn du es verurteilen würdest, weil du es nicht *möchtest*.“

„Aber ich tue es nicht, Opa. Du redest heute so viel davon...“
„Ja, weil wir darauf gekommen sind, und weil ich möchte, dass du es ganz verstehst. Ich will nicht, dass du denkst, ich könnte nichts dafür. Ich will, dass du verstehst, was es *bedeu-*

tet. Und dass man immer alles bekämpfen und abtöten könnte – und vielleicht sogar sollte, weil es ‚nicht in Ordnung' ist."

„Denkst du das denn selber?", fragte sie leise bestürzt.

„Ich denke gar nichts. Ich will nur, dass du selber denken kannst, Lilian. Du sollst ... es nicht bloß zulassen, weil du denkst, dass es nicht anders geht. Ich will nur ... dass du weißt, dass es theoretisch *alles* immer ginge, auch in Wirklichkeit, aber dass ich trotzdem nicht anders konnte ... oder vielleicht eben doch konnte, aber nicht anders gehandelt habe. Ich wollte deine Schönheit, alles, was du bist, Lilian, *ganz* spüren. Ich wollte nie etwas *nicht* spüren. Auch *das* nicht nicht, sondern doch... Ich habe dich nie, das heißt, irgendwann nicht mehr nur als Enkelin gesehen, Lilian. Das war, wenn man es so sehen will, mein Verbrechen... Dass ich irgendwann ein Mädchen sah, das schöner ist als alle anderen Mädchen und Frauen auf der Welt – und dass ich mich in dieses unsterblich verliebte..."

„Und ... denkst du dann jetzt in jedem Moment daran, dass du ... mich küssen möchtest oder so etwas?"

Ihre unschuldige Frage. Wie konnte sie dies alles überhaupt zulassen? Wie konnte sie so vertrauensvoll, so harmonisch und so unschuldig mit ihm hier in dieser wunderschönen Landschaft sitzen – so, als ob sie wirklich nur normale Opa und Enkelin wären?

Er spürte ihre leise Verlegenheit, sie wollte es wirklich *wissen*. Sie verstand dies alles nicht wirklich – und sie wollte wissen, wie es war. Auch, um sich dazu stellen zu können. Um es einfach zu *verstehen*...

„Es ist viel grundsätzlicher, Lilian. Ich brauche gar nicht daran zu denken. Und ich tue es noch nicht mal, weil ich meine Liebe wirklich auch vor mir selbst verheimliche – und das wirklich um deinetwillen. Ich brauche an nichts zu denken und fühle mich schon von dir angezogen, Lilian. Wenn ich dieser Anziehung *folgen* würde, würde ich unweigerlich bei

168

dir landen, wie zwei Magnete. Ich muss sozusagen immer, ständig, diese Anziehung bekämpfen, damit ich dir fernbleibe. Aber keine Angst, das ist nicht das Problem. Ich tue das ja *auch*, weil ich dich liebe. Die Liebe gibt die Anziehung – und gleichzeitig die Kraft, sich dagegen zu wehren, ihr nicht zu folgen... Ihr nur soweit zu folgen, dass sie bleibt... Ja – ich würde dich küssen wollen, Lilian. Ich *möchte* dich küssen. Aber ich denke nicht bewusst daran. Die Anziehung allein reicht schon, um dich küssen zu wollen. Selbst ohne jeden Gedanken...“

„Also die ganze Zeit...“
„Ja. Aber ich weiß wirklich nicht, ob du es dir richtig vorstellen kannst. Ich kann das wirklich alles sehr unterdrücken. Und ich möchte für *dich* da sein, Lilian. Wenn du Fragen hast oder wenn wir über etwas sprechen, dann ist das alles fast gar nicht da. Nur das Glück, dass du da bist, dass du mich gern hast, dass ich auch dir etwas bedeute. Dass ich dir etwas schenken kann, was du von anderen nicht bekommen kannst oder vielleicht auch nicht bekommen willst, sondern von mir. Eben dieses Vertrauen. Dieses so lange, lange Vertrauen. Dieses ganze Glück ist dann da. Dass *du* dich bei mir wohl fühlst... Deine bloße Anwesenheit ist für mich schon dieses Glück, Lilian. Weil sie so schön ist, so schön...“

„Meine Anwesenheit oder die Anziehung oder ich – was ist so schön?“
„Das bist *alles* du, Lilian. Du bist so schön, deine Anwesenheit, dass du da bist. Die Anziehung ist auch schön, aber du bist es doch, die mich anzieht.“
„Und ist es nur schön, *weil* ich dich anziehe?“
Die Weisheit dieses Mädchens... Sie spürte so genau den Kern des Ganzen.
„Es ist durch diese Anziehung unglaublich schön. Aber wie könnte es anders sein, Lilian? Die Anziehung ist *auch* schön.

Aber wo kommt sie denn her? Lilian – sie kommt doch irgendwo her! Sie kann doch erst da sein, wenn etwas da ist, *was* so unglaublich schön ist. Die Anziehung ist doch nur eine Folge."

„Und wenn ich dich nicht anziehen würde, hättest du mich nicht gern?"

„Lilian... Martin zieht mich nicht an, und ich habe ihn trotzdem gern. Aber es ist etwas anderes, ob man jemanden gern hat oder ob man ihn *liebt*. Unglaublich liebt. Ob man für ihn sein ganzes Leben aufgeben würde. Ob er einem mehr bedeutet als alles andere."

„Also du liebst Martin nicht?"

„Nein. Ich habe ihn lieb. Aber ich *liebe* ihn nicht. Ich liebe nur einen einzigen Menschen. Alle anderen habe ich nur lieb..."

Sie nickte kaum merklich.

„Also sonst hättest du mich auch nur lieb, nicht wahr?"

„Ja – aber das ist alles nur theoretisch, Lilian. Ich habe dir gesagt, ich *kann* dich nicht einfach nur liebhaben. Ich sehe dich – und es ist schon mehr. Es ist nicht nur dein Äußeres. Es ist auch dein Inneres. Alles ist es. Man *kann* dich nicht nur liebhaben. *Ich* kann es nicht... Mein Weg war es nicht, das zu können..."

„Und ohne Anziehung geht es nicht?"

„Ich kann es nicht, Lilian. Sie ist nicht nur schön, sie ist *da*. Man könnte sich vielleicht sogar wünschen, dass sie nicht da wäre, aber sie *ist* da. Nein, Lilian – ich schaffe es nicht. Vielleicht, wenn du mir sagen würdest, du würdest mich sonst nie wiedersehen wollen. Aber welchen Sinn hätte das dann? Ich würde meine Liebe abtöten, nur um dich weiter zu sehen? Ich würde das nur *aus* Liebe tun! Also tötet sie sich doch wieder selbst... Ich kann es so weit verheimlichen, wie es nur geht. Aber aufhören damit, das kann ich nicht, Lilian... Es ist zu spät... Es ist längst zu spät..."

„Du hättest es mal gekonnt?"
„Vielleicht, wenn ich von Anfang an diesen Weg gegangen wäre. Jede Liebe dieser Art konsequent zu bekämpfen. Mich ganz und gar darauf zu konzentrieren, dass ich nur ‚Opa' bin, und mich mit aller Kraft nur an diese Rolle halten. Ja, dann wäre es vielleicht gegangen. Aber dann wäre ich ... nur noch eine Rolle gewesen. Eine Rolle, die du vielleicht *noch* lieber gehabt hättest als mich. Aber, Lilian, das war ich nicht. Das bin ich nicht. Ich bin der, der von dir bis ins Letzte und Tiefste berührt wurde – und dies nicht verleugnet hat... Ich bin der, der nicht bekämpft hat, was andere an ihm nun vielleicht verurteilen. Das stärkste Berührtsein von dir, von allem an dir..."

„Danke, Opa...", sagte sie leise.
„Wofür bedankst du dich?"
„Dafür, dass du es mir *so* genau erklärt hast."
„Obwohl es dir unangenehm ist?"
„Ja – es ist mir nur einerseits unangenehm."
„Welcherseits?"
„Dass ich mich noch immer daran gewöhnen muss."
„Und dass du es irgendwo doch *schlimm* findest, nicht wahr?"
Sie sah ihn einmal fast erstaunt an.
„Nein... Nein – ich finde es nicht ‚schlimm'. Ich weiß nicht... Schlimm würde doch heißen ‚doof', ‚schlecht', ‚ich will das nicht' – oder eben ‚falsch', ‚nicht in Ordnung'. Oder nicht?"
„Ja, vielleicht ... und ... nichts davon trifft zu?"
„Ich weiß nicht, was zutrifft. Ich ... weiß nur, dass ich ... mich noch nicht daran gewöhnt habe. Aber ... aber mehr weiß ich auch nicht. Es ist mir nur unangenehm, dass ... dass ich gar nicht die *Richtige* bin, Opa..."
„Wie meinst du das?"
„Na, du wirst mich nie so lieben können, wie du es willst..."
„Ja..."

171

Noch einmal sah sie ihn fast scheu einen kurzen Moment lang an.

„Das ist es vielleicht nur... Vielleicht ist mir nur das unangenehm. Und ... dass du es trotzdem fühlst...“

„Geh mal nicht von mir aus, Lilian. *Dir* ist es unangenehm, nicht wahr?“

„Ja, aber wieso soll ich nur von mir ausgehen?“

„Weil du doch gucken musst, ob du dich wohlfühlst.“

„Das tue ich doch.“

Dieses unschuldige Mädchen...

„Aber es ist nicht normal, es ist ‚zu viel‘ – und deswegen ist es dir *doch* unangenehm, nicht wahr?“

„Opa, du hast mir doch erklärt, warum es so ist. Ich möchte nicht mehr darüber reden. Ich möchte nicht darüber reden, ob es mir unangenehm ist. Es *ist* mir nicht so unangenehm. Du zeigst es doch gar nicht...“

„Danke, Lilian...“

Sie saßen eine Weile schweigend.

„Aber für *dich* muss das sehr schwer sein...“, sagte sie schließlich leise.

„Es ist nur einerseits schwer. So, wie es für dich nicht unangenehm ist, weil ich es nicht zeige. So ist es für mich nicht schwer, weil du mir so *viel* zeigst. Ich meine, deine ganze Zuneigung, Lilian. Dein ganzes Verständnis. Deine ganze Bereitschaft, trotzdem *da* zu sein. Ich sagte doch, jeder Moment deiner Anwesenheit ist für mich ein Glück. Wie könnte das schwer sein? Es ist Glück... Ich bin so glücklich – immer, wenn du bei mir bist, Lilian...“

„Obwohl du mich – –“

„Ja, obwohl es so wehtut, wenn ich ... wenn ich spüre, wie weit das reicht. Aber wenn du da bist, vergesse ich das auch. Dann ist deine Anwesenheit Glück...“

„Und wenn ich nicht da bin?“

„Dann freue ich mich darauf, dich wiederzusehen.“

172

„Nein, ich meine – ist es dann schlimmer?"

„Das hängt immer davon ab, woran ich denke. Es ist immer dann schlimm, wenn ich daran denke, was ich *nicht* haben kann..."

„Und denkst du daran mehr, wenn ich da bin oder wenn ich nicht da bin?"

„Ach, Lilian... Ich will auch nicht, dass es dir wieder unangenehm wird."

„Aber sag es mir, Opa."

„Es ist verschieden. Meistens, wenn du da bist, denke ich an dich, an deine Fragen, ich bin bei *dir*, nicht bei mir. Andererseits ist dann auch deine Anziehung am stärksten. Also ist es irgendwo auch schlimm. Aber das Glück ist größer... Und wenn du *nicht* da bist... Dann freue ich mich manchmal nur auf unser Wiedersehen. Aber manchmal ... ja, manchmal denke ich dann an all das... Das, was nie sein wird... Und das tut sehr, sehr weh, ja..."

Er sah sie an und schämte sich und sagte etwas verlegen:
„Tut mir leid, Lilian – das sind *dumme* Themen..."
Sie ließ nun ihren Blick traurig über die Felder schweifen. Dann sagte sie leise:
„Nein, Opa, dumme Themen sind das nicht..."
Beschämt schwieg er.
„Ich weiß", sagte sie, „dass ich das alles noch nicht so gut verstehen kann. Aber trotzdem, Opa – trotzdem weiß ich, wie schwer es für dich ist. Und dass du mir leid tust. Ich meine ... ich meine ehrlich. Nein, das klingt jetzt so blöd. Ich meine ... ich meine, es tut auch *mir* weh, dass du das fühlst ... fühlen musst, wegen mir... Es tut auch mir weh, Opa. Ich wollte nur, dass du das weißt..."
Mit feuchten Augen schaute er in die gleiche Richtung wie sie...
„Danke, Lilian...", flüsterte er.

Es war ein Herbsttag, und sie saß wieder in ihrem Lieblingssessel – dem einzigen, den er hatte. Draußen regnete es, und sie trank einen heißen Tee, die Beine seitlich eingeschlagen. Sie trug eine einfache Jeans, aber ihre ganze Gestalt blieb einfach zauberhaft...

Er sah sie an und war glücklich, dass sie noch immer so gern zu ihm kam.
Sie fing seinen Blick auf, lächelte und fragte:
„Und ... was dachtest du gerade, Opa?"
„Lilian, ich glaube, ich muss langsam aufhören, immer ehrlich zu dir zu sein."
Sie schwieg verlegen einen Moment. Dann fragte sie:
„Soll ich lieber aufhören, so etwas zu fragen?"
„Nein, selbst deine Fragen sind so wunderschön, Lilian. So lieb, so spontan, so unschuldig. Aber ich möchte ... ich möchte einfach *nichts*, Lilian. Dich nicht verletzen, dich nicht enttäuschen, ich möchte das alles nicht... Eben habe ich an nichts gedacht. Aber ... aber ich weiß gar nicht, ob du das überhaupt hören willst. Du bist einfach wunderschön, Lilian. Ich muss daran denken, obwohl ich es gar nicht denke, verstehst du?"
„Du siehst es einfach..."
„Ja, ich sehe es. Aber ich liebe es auch. Ich liebe, was ich sehe. Und es ist da diese Anziehung... Bei der ich mich frage, warum du dich überhaupt noch so wohl fühlst bei mir, obwohl du das weißt. Aber sie ist wunderschön, Lilian. Vielleicht dachte ich gerade: Wie *kann* man nur so schön sein? Das denke ich eigentlich immer. Sogar ohne Worte..."

Sie trank verlegen von ihrem Tee.
„Warum, Lilian? Ich frage dich jetzt... Warum fühlst du dich immer noch so wohl bei mir?"
Nun sah sie ihn mit offenen Augen an.

„Weil sich eigentlich nichts geändert hat, Opa. Weil du mir noch genauso viel bedeutest. Weil du mich verstehst. Weil du meine Fragen besser beantworten kannst als jeder andere. Weil – weil ich mich einfach wohlfühle. Weil dein Sessel so gemütlich ist, auch wenn das egoistisch ist."

Sie musste leise auflachen. Wie süß sie dann aussah!

„Ich glaube, das ist auch alles irgendwie Anziehung..."

„Ja, das kann sein", sagte er. „Was für ein Glück..."

„Opa, ich habe mal eine Frage..."

„Ja, Lilian, welche denn?"

„Die Jungen, weißt du... Also ... na ja, ich schäme mich ein bisschen..."

„Was ist denn, Lilian? Was willst du wissen?"

„Also es ist ... warum machen die Jungen so einen Zirkus um ... um die Brust?"

„Zirkus?"

„Na ja, so Sprüche. Oder Witze – was weiß ich. Sie gucken drauf und so... Ist das so wichtig?"

Er sah sie voll tiefer Zuneigung an.

„Ach, Lilian... *Das* ist wirklich unangenehm, nicht wahr? Ich verstehe auch nicht, warum sich Jungen oft so rücksichtslos verhalten. Aber wer weiß, ob ich irgendwann mal auch nicht anders war. Ich denke, es ist Verlegenheit. ‚Angriff ist die beste Verteidigung' – verstehst du? Sie wollen doch heute alle cool sein. Also Sprüche! Aber, nun ja, sie macht nun einmal das Mädchen aus. Die Brust..."

„Sie macht das Mädchen *aus*!? Ohne Brust wäre es kein Mädchen?"

„So meine ich es nicht, Lilian...", beruhigte er ihre innige Empörung. „Ich weiß es nicht, ob überhaupt jemand das versteht. Ich muss dir etwas sagen, Lilian – und ich hoffe, dass es dir nicht wieder unangenehm ist. Was ich dir jetzt zu sagen versuche, habe ich auch nur durch *dich* gelernt. Du hast es mir gezeigt, obwohl du es gar nicht wusstest. Und doch weiß ich es nur durch dich, wie so vieles... Du hast mir die Seele gezeigt, Lilian. *Deine* Seele – und dadurch die Seele überhaupt. Ich habe die Seele durch *dich* kennengelernt, durch deine Seele. Nur dadurch! Deine Seele war so wunderschön und so erschütternd, dass ich durch dich begreifen musste, dass es die Seele gibt. Das ist das Erste. Durch dich begriff ich, wie *schön* ein Mensch sein kann – innerlich, meine ich. Auch das war wie ein Naturereignis, etwas Umwerfendes, wie ein Orkan. *Diese* unglaubliche Schönheit... Deine Liebe zur Natur, deine Unschuld, deine unglaubliche Unschuld. Und dann wünschtest du dir dieses Kleid ... dieses Kleid von Marian. Und dann geschah ein weiteres Wunder. Du zogst dieses wunderschöne Kleid an ... und du sahst darin so zauberhaft aus, wie ich es nicht beschreiben kann. Und dann deine Unsicherheit, deine Scham ... und die Schwierigkeit, deinen Weg, deine eigene Sicherheit zu finden. Aber ... aber in diesem Kleid verstand ich auf einmal das Geheimnis der weiblichen Brust, Lilian. Ich verstand es erst später, aber hier *sah* ich es bereits! Und es ist ein *heiliges* Geheimnis. Du wusstest nichts davon, aber gerade weil du nichts davon wusstest, offenbartest du es in aller Tiefe."

Er sah ihre Verlegenheit und beeilte sich, weiterzusprechen. „Das alles war und ist *eins*, Lilian! Die innere und die äußere Schönheit. Und deshalb ist es wahr, Lilian – ein Mädchen ohne Brust ist kein Mädchen. Denn hier, an diesem heiligen Ort, sitzt das Herz! Und sie, diese Brust, ist das Zarteste, was ein Mädchen hat... Es ist der stärkste Unterschied zu einem Jungen. Und du musst doch zugeben, dass die Brust etwas *Zartes* ist. Das Geheimnis der Mädchen lebt hier, Lilian. Da – und vielleicht noch in ihrem schönen langen Haar... Da offenbart sich äußerlich ihre ganze Sanftheit. Und in ihrem Herzen offenbart sie sich innerlich! Das Herz des Mädchens ist sein eigentlicher heiliger Ort... Aber die Brust ist dieser heilige Ort äußerlich – sie offenbart, wo der heilige Ort liegt. Und sie ist selbst das sanfteste Schöne in der äußeren Erscheinung... Sei den Jungen nicht böse, Lilian. Sie verstehen das alles noch nicht. Aber angezogen werden auch sie schon...“

Ihre Verlegenheit war ein wenig gewichen, und an ihre Stelle war eine Verwunderung getreten.

„Das *alles* hast du gewusst, als ... ich dieses grüne Kleid trug?“

„Ja – ich habe es gewusst, indem ich dich sah.“

„Bei den Jungs sieht es immer nur so aus, als ob sie sie anstarren oder anfassen wollen.“

„Lilian, ich glaube einfach, dass bei den Jungen die Seele zunächst ganz unterentwickelt ist. Auch die Seele entwickelt sich doch? Du kannst doch nicht sagen, sie ist von Gott geschaffen und dann fertig? Ich meine gar nicht, dass sie *nicht* von Gott geschaffen wäre. Aber sie ist eben nicht fertig. Du siehst doch, wie die Liebe wächst, das Verständnis, die Empfindung. Das alles wächst doch! Ich glaube, die Seele der Jungen ist sehr unterentwickelt. Die der Mädchen ist von Anfang an viel weiter. Warum das so ist, weiß ich nicht. Aber, na ja, die Mädchen machen heutzutage auch viel Unsinn. Das hat mich an dir ja so erschüttert – dass du das nicht getan hast, dass du deinen Weg unerschütterlich gegangen bist. Es ist wirklich ein Weg der Unschuld gewesen, Lilian... Keine Schminke, kein Nagellack, keine dummen Sprüche, kein dies, kein das. Und selbst der Minirock nicht aus den gleichen Gründen, warum ihn *andere* Mädchen anziehen! Es war bei dir alles unfassbar, Lilian.

Und, ja, die Jungen – ich glaube, sie werden von der weiblichen Brust erst einmal nur ganz körperlich angezogen. Das werde ich auch. Von der deinen. Aber ich habe durch dich die Seele kennengelernt, Lilian! Und zwar davor! Und so sah ich ihr *Geheimnis*. Das Geheimnis der Seele, aber ich meine jetzt vor allem das Geheimnis der Brust. Dass sie nämlich ... eigentlich die *Botin* der Seele ist. Sie sagt eigentlich: Sieh her, was ein *Mädchen* ist. Empfinde nicht nur die äußere Anziehung, empfinde die tiefere, die viel tiefere *Berührung*. Die Jungen wissen davon noch nichts, Lilian. Sie müssen erst einmal lernen, sich berühren zu lassen – ich meine, innerlich. Wenn sie cool sein wollen, gehen sie den gegenteiligen Weg. Sie lassen sich *nicht* berühren. Und, ja, dann bleibt nur, dumme Sprüche zu machen und die äußere Brust anzustarren..."

„Und ... und du siehst, wenn du meine Brust siehst, meine Seele?"

„Nein – ich sehe deine Seele *immer*, Lilian. Und ich sehe auch die äußere Schönheit deiner Brust. Deine ganze Gestalt hat einen unbeschreiblichen Zauber, Lilian. Aber ich sehe, wie dieses beides eins ist. Selbst deine Brust verführt nur die bloß äußerlich Schauenden bloß äußerlich – wie es wahrscheinlich jede Brust tut, für die äußerlich Schauenden. In Wirklichkeit aber ist sie bei dir eins mit deiner inneren Schönheit. Und nur deshalb ist sie schön. Andere Mädchen und Frauen sind eigentlich gar nicht so schön, wie sie immer meinen. Absolut nicht. Selbst die Models nicht. Äußerlich ja – aber was ist äußerlich? Nichts..."

„Viele Mädchen in meiner Klasse denken, sie müssten wie die Models aussehen."

„Das ist völliger Unsinn."

„Manche finden *mich* auch schön und sagen, ich sollte doch mal dies oder jenes ausprobieren."

„Aber du bist damals nicht auch deswegen auf den Minirock gekommen, oder?"

„Nein, das wollte ich ganz selbst."

„Und was sollst du ausprobieren?"

„Na, zum Beispiel Röcke – das mit dem Minirock wissen sie gar nicht – oder eben Tops oder Nagellack oder Frisuren..."

„Und warum schlagen sie dir das vor?"

„Ich weiß nicht. Vielleicht weil man aus meiner Schönheit etwas ‚machen' könnte."

„Und – glaubst du das?"

„Was glaubst du denn, Opa?"

„Ich glaube, du weißt, dass das nicht stimmt. ‚Machen' kann man immer nur äußerlich etwas. Aber ich habe eben schon angedeutet, dass äußerliches Machen meist alles nur noch schlimmer macht. Natürlich, äußerlich kann man attraktiver werden, wenn man sich die Lippen schminkt, vielleicht sogar die Brust vergrößern lässt – was für eine furchtbare Idee, etwas *künstlich* zu vergrößern! Man müsste sein *Herz* vergrößern, seelisch meine ich. Dann würde auch alles andere schöner werden. Aber doch nicht äußerlich! Je *weniger* man äußerlich macht, desto mehr kann sich die innere Schönheit offenbaren. Das heißt nicht, dass man keinen Lippenstift benutzen dürfte. Aber es sollte aus einer Haltung der Unschuld erfolgen. Etwas, was ich nur bei *dir* immer und immer gesehen habe..."

In zarter Verlegenheit lächelte sie leicht.

„Ja, ich wollte das auch alles nicht, was sie mir vorgeschlagen haben."

„Und das ist großartig, Lilian. Weißt du, sie *sehen* deine Schönheit offenbar doch. Nur sehen sie nicht, dass man daran höchstens etwas kaputtmachen kann. Sie sehen nicht, *wie* schön du bist, gerade in deiner Schlichtheit. Sie wollen alle hoch hinaus mit ihren äußeren Mitteln – aber das Geheimnis innerer Schönheit kennst nur du..."

„Na ja, ich kenne es doch nicht...", lächelte sie verlegen.

„Doch – und du zeigst es. Kennen bedeutet nicht wissen. Aber dein Herz kennt es, weil dein Herz das Geheimnis *ist*, Lilian..."

Nun wurde sie von ihrer zarten Verlegenheit wirklich überwältigt...

„Und warum ist es bei allen anderen so anders? Ich meine, warum lieben sie die Tiere nicht so wie ich? Und warum wollen sie dieses Äußerliche? Offenbar verstehen sich doch die Jungen und die Mädchen ganz gut. Eigentlich wollen sie das Gleiche. Spaß haben und so etwas."

„Ja, das frage ich mich auch. Es geht ja mit den Erwachsenen weiter. Die wollen auch Spaß haben, wollen das Äußerliche, interessieren sich nicht für die Tiere und so weiter."

„Aber warum *ist* das so?"

„Ich weiß es nicht, Lilian. Vielleicht haben nur *manche* Menschen eine Seele... Ich meine, eine Seele, die für Hunderte reichen würde..."

„Aber das kann doch nicht sein!"

„Ja, das denkt diese schöne Seele dann – weil sie möchte, dass alle anderen auch Mitleid haben, auch so schön sind, innerlich. Aber das sind sie nicht."

„Aber das ist doch schlimm?"

„Ja, das ist schlimm. Aber ich kann es nicht ändern. *Du* könntest es ändern, wenn die Menschen verstehen würden, warum du so schön bist... Aber dafür müssten sie es erst einmal wirklich *sehen*..."

Sie schwieg ratlos und verlegen.

Er seufzte, weil er gerade eine bestürzende Entdeckung gemacht hatte.

„Es ist eigentlich unglaublich, Lilian. Ich liebe dich bis ins Äußerlichste. Und deine Eltern werfen mir vor, dass ich es tue – dich äußerlich zu lieben, nicht nur wie eine Enkelin, sondern wirklich wie ein *Mädchen*. Und doch habe ich nur *durch* diese Liebe dein Innerstes kennengelernt – deine Seele, die Seele überhaupt, das Leiden der Tiere. Alles!"

„Aber du hast gesagt, du hast meine Brust erst gesehen, als du meine Seele schon kanntest."

„Ja, vielleicht auch das. Aber ich glaube, es gehört alles zusammen, ist auch wieder nicht zu trennen. Denn es *war* ja auch wirklich alles gleichzeitig. Aber selbst das Innere, das Glauben an die Seele, das Mitleid mit den Tieren und so weiter, selbst all das war nur deshalb so tief und nachhaltig, weil ich mich gleichzeitig in dein *Äußeres* verliebte. Weil ich dich ganz und gar liebte, so tief wie nichts sonst. Nur deshalb sah ich deine ganze Schönheit. Die äußere Liebe vertiefte die innere noch unendlich. Und umgekehrt. Jede die andere, Lilian, so ist es wirklich gewesen..."

Er dachte an ihre Eltern – und sämtliche Urteile über das, was er empfand, und schüttelte ungläubig den Kopf.

„Alle haben immer nur Angst vor der äußeren Liebe, vor der Liebe zur äußeren Gestalt, zur Schönheit des Körpers. Aber sie wissen nicht, dass die Liebe im Grunde immer die *gleiche* Liebe ist. Ich habe nicht zwei Lieben in mir, ich habe nur eine in mir – und diese Liebe liebt deine Seele, und sie liebt deinen Körper, ist auch von diesem unendlich angezogen. Und wächst die eine Hälfte, wächst auch die andere. *Eine* Liebe ist es, Lilian, die immer tiefer geworden ist. Eine einzige..."

„Können sie nur zusammen wachsen?"

„Vielleicht nicht. Aber ich kann es mir kaum anders vorstellen. Natürlich hätte ich auch als normaler Großvater deine Seele geliebt – denn sie *ist* ja wunderschön. Aber ich kann nicht beschreiben, wie *sehr* ich jetzt deine Seele liebe, wo ich auch deinen Körper liebe... Es ist wie ein Baum. Kann die Krone überhaupt groß werden, wenn die Wurzeln abgehackt sind? Oder umgekehrt? So kommt es mir vor, so fühlt es sich an..."

Nachsinnend sah sie ihn an. Dann sagte sie:
„Du hast *auch* eine schöne Krone, Opa. Ich meine, eine schöne Seele... *Deshalb* fühle ich mich bei dir so wohl. Und auch du trägst keine Schminke, ich meine, du bist ehrlich, selbst

dann, wenn du Angst haben musst, dass man etwas Schlechtes denkt. Das ist doch auch innere Schönheit? Und wieso ist das bei den Anderen nicht so? Wieso fängt das schon ganz früh an und geht einfach immer weiter? Wieso bilden die Menschen keine schönen Kronen? Wissen sie gar nicht, dass sie das könnten?" Ihre Worte berührten ihn – was für eine Weisheit sprach daraus! Sie war sich dessen gar nicht bewusst, es war wieder etwas, was direkt aus ihrem Herzen kam. „Wenn du die Einzige bist, Lilian – dann geht die Unschuld einfach verloren. Sie geht verloren... Ich habe ja gesagt, dass das Cool-sein-Wollen die entgegengesetzte Richtung ist. Und dann ... ja. Dann machen die Mädchen dir Vorschläge, was du verändern könntest, um etwas ‚aus dir zu machen'. Und sie sehen nicht, dass du die Einzige bist, die *nichts* mehr aus sich machen muss, weil sie schon alles hat, während alle anderen etwas aus sich machen sollten, aber innerlich. Daran liegt es, Lilian. Du hast so unglaublich Recht. Sie wissen gar nicht, dass sie das könnten. Und selbst wenn sie es verstünden, würden sie es wahrscheinlich gar nicht mehr wollen, oder? Ich meine, wer möchte schon bescheiden werden, wenn er schon unbescheiden geworden ist? Freundlich, wenn er schon cool ist? Unschuldig, wenn er schon ... all das zusammen ist, cool, frech, auf der Suche nach Spaß. Das passt nicht zusammen. Und es ist nur ganz schwer rückgängig zu machen. Vielleicht überhaupt nicht. Aber doch wäre es möglich. Wenn man jemandem wie *dir* begegnen würde – und es *sehen*..."
„Oder jemandem wie dir."
„Das reicht nicht."
„Aber du hast mir auch so viel beigebracht, Opa."
„Nein – ich habe dir nur eine einzige Sache ein bisschen beigebracht: Mut zu haben. Mut zu deinem Weg, der sich von allen anderen unterscheidet..."

„Aber das ist traurig. Ich meine – wenn es immer so bleiben müsste. Was kann man denn tun, Opa?"

„Nicht verzweifeln. Das ist wahrscheinlich das Wichtigste. Auch da mutig sein. Den Mut haben, unschuldig zu *bleiben*, Lilian – und zu versuchen, den Menschen zu erklären, was das bedeutet. Warum das so unendlich wichtig ist. Mut, die Menschen zu *berühren*. Du berührst sie ja. Und es wird immer Menschen geben, die von dir berührt werden werden. Ich glaube ja schon, dass viele Menschen auf der Suche nach dem sind, was du hast, was du offenbarst. Es werden sich *viele* in dich verlieben, Lilian, das kann ich dir sagen. Zeige ihnen, wenn du später die Kraft dazu hast, deinen Weg – und gib die Hoffnung nicht auf, dass du die Menschen wirklich berühren kannst. Rufe sie dazu auf, sich wieder berührbar zu *machen*. Nicht nur für dich, sondern auch für das Leid der Tiere, des Mitmenschen. Alles, was auf der Welt zählt, ist doch offenbar diese *Berührbarkeit*. Ohne diese gibt es doch keine Liebe mehr. Das ist es, was du tun kannst, Lilian. Du kannst mehr tun als jeder Andere. Denn *du* trägst in dir das, was den Anderen fehlt... Habe Mut! Das ist immer wieder das Einzige, was *ich* dir vielleicht beibringen kann..."

„Nein", sagte sie leise und gerührt, „Es ist viel mehr. Du hast mir viel, viel mehr beigebracht, Opa..."
Auch er schwieg nun tief berührt. Er wagte nicht einmal eine Frage. Manches musste auch nicht gefragt werden...

*

Als sie gegangen war, hatte er es wieder empfunden – dieses Schlimme, nach dem sie kurz gefragt hatte. Sie hatte selbst begriffen und vielleicht auch gespürt, wie schwer es für ihn war, sie zu lieben und sie doch nicht lieben zu dürfen. Nun kam der Schmerz wieder über ihn, wie eine heiße Woge. Namenloser Schmerz war dies dann, ein Leid, das einem die heißen Tränen in die Augen trieb, und dann wurden es Ströme, Ströme über die Wangen, nicht endend... Reinste Verzweiflung...

Dann sah er sie vor sich, ihr zartes, ebenmäßiges, reines Gesicht, diese unglaublich reinen Augen, die sanfte Nase, der ebenso sanfte Mund. Die Unschuld all dessen erschlug ihn fast, schlug an sein Herz, zertrümmerte es geradezu, eine einzige Marter war es. Dass diese Augen niemals *ihn* so anschauen würden, wie seine Augen *sie* anschauten, wenn sie es einmal nicht sah – oder nur jetzt, wenn sie nicht da war, so an sie dachten... Und dass dieser Mund, dieser unsagbar schöne Mund, nie *ihn* küssen würde, und das müsste sie gar nicht tun, aber auch nie von ihm geküsst werden wollen würde. Lieber wollte er alle Höllenqualen erleiden als *diese* Qual. Ihn quälte ein Engel. Und er machte ihr nicht den geringsten Vorwurf. Es war nur seine eigene Liebe, die Schuld war – und doch quälte ihn ein Engel, und das war quälender als alles andere...
Und wie sie dasaß, mit ihren angewinkelten Beinen. Sie war die Anmut selbst, Schönheit, reizvolle Verführung – nicht, weil sie verführerisch dasaß, sondern weil er sie so unglaublich, so unsagbar liebte. Unter ihrem Rollkragenpullover war ihre Brust nur eine Andeutung gewesen. Aber er musste inzwischen fast überhaupt nichts mehr sehen, um in Sehnsucht nach ihr zu vergehen – jetzt, wenn er jetzt an sie dachte. Dann, wenn sie weg war. Dann, wenn er Zeit hatte, daran zu denken, dass er sie, ihre Liebe, nie haben würde... Nie ihren wunderschönen Leib. Nie diese unschuldige Zartheit, dieses so unendlich Engelhafte...

Es war Ende Dezember, und sie hatten das Glück gehabt, dass es wieder geschneit hatte. Sie gingen einsam durch den Wald – langsam, sie hatten ja Zeit.

„Es war seltsam, Opa, dass du diesmal das erste Mal nicht da warst zu Weihnachten."

„Ja?", fragte er ein wenig wehmütig. „Fiel das auf?"

„Ja, ich glaube, es fiel allen auf."

Er ging schweigend neben ihr.

„Ich habe gefragt, ob du nicht wiederkommen kannst."

Er wusste nicht, ob er das überhaupt noch wollte. So ging er weiter nur schweigend neben ihr.

„Da hat Mama mich gefragt, ob es jetzt ‚besser' geworden sei. Fast wie eine Krankheit... Ich habe gesagt ‚nein'."

Sie gingen eine ganze Weile schweigend nebeneinander, in stillem Einverständnis. Dann sagte Lilian:

„Nein, das stimmt nicht, Opa. Ich habe nicht ‚nein' gesagt. Es hat mich so geärgert, wie sie es sagte, dass ich gesagt habe: ‚Nein, es ist schlimmer geworden.'"

Er war erschüttert – und hörte mit inniger Anteilnahme zu...

„Ich sagte das, und dann setzten sich beide gleichzeitig auf und wollten sofort wissen, was los sei. Ich habe mich so geekelt. ‚Was denkt ihr eigentlich immer?', habe ich gerufen. Und dann habe ich gerufen: ‚Ist es denn eine Krankheit? Ist Liebe eine Krankheit? Wenn es so ist, dann ist es schlimmer geworden – denn er liebt mich immer mehr! Aber das geht niemanden etwas an! Wieso denkt ihr, dass Liebe eine Krankheit ist!' Und dann bin ich in mein Zimmer gelaufen. Fast hätte ich geweint..."

Er war zutiefst betroffen. Das hätte er nie erwartet...

„Und dann, Lilian?", fragte er sehr leise.

„Dann war auch nichts weiter. Sie haben darauf nicht reagiert. Sie haben mir nichts geantwortet. Und ich glaube, weil man darauf nichts antworten *kann*. Sie wissen selbst nichts mehr zu sagen."

„Nun, sie wollten dich von Anfang an schützen, und nun sehen sie, wie du zu mir überläufst in deiner Haltung. Dadurch können sie eigentlich nur noch verzweifelt sein. Sie hatten und haben die besten Absichten dir gegenüber – und erfahren nun deine Ablehnung..."

„Aber *dich* lehnen sie doch auch ab!"

„Ja – ich sage ja auch nur, dass es für sie sehr schmerzhaft sein muss."

„Sie waren aber eher eisig, so als ob ich mich unmöglich verhalten hätte."

„Das zeigt nur, dass sie damit überhaupt nicht umgehen können."

„Ja, aber es zeigt auch, dass sie mich nicht lieben."

„Lilian... Jetzt mal halblang... Natürlich lieben sie dich. Ich sage nochmal: Sie können damit einfach nur nicht umgehen. Die Liebe eines Erwachsenen zu einem Kind, ich meine: zu einer Minderjährigen, das ist das größte Reizthema überhaupt. Damit *kann* man nicht umgehen. Sie sind völlig ratlos. Sie haben nur die Ablehnung – mehr haben sie nicht. Sie können nicht anders reagieren. Es ist nicht möglich. Es geht nicht."

„Was geht nicht?"

„Dass sie anders reagieren. Sie können es nur ablehnen. Das wird immer so bleiben."

„Und wenn ich achtzehn wäre?"

„Lilian! Dann würden sie es immer noch ablehnen. Es ist einfach das Unmöglichste, was nur denkbar ist."

„Was – dass ein Großvater seine Enkelin liebt?"

„Ja."

„Und was ist daran so unmöglich?"

„Das weiß ich auch nicht. Es ist ein Denkverbot. So wie Krieg. Man darf niemanden töten."

„Aber überall gibt es doch Kriege."

„Ja, trotzdem ist es in den Köpfen zum Glück noch ein Verbot. Eigentlich darf man niemanden töten."
„Ja, eigentlich. Gemacht wird es trotzdem! Und Waffen werden verkauft und all das."
„Ja – aber der normale Mensch würde niemanden töten. Er *könnte* es gar nicht. Er müsste erst eine Schwelle überwinden."
„Aber Tiere werden getötet."
„Ja, aber Lilian, zieh hier mal eine Grenze. Es gibt doch noch einen Unterschied. Aber dennoch, du hast natürlich Recht. Trotzdem tötet der normale Mensch auch keine Tiere. Auch das könnte er nicht – erst, wenn er eine Schwelle überwindet."

„Und was willst du mit alledem sagen?"
„Ich will sagen, die Schwelle ist im Kopf auch da in Bezug auf die Liebe zu einer Minderjährigen."
„Weil das genauso schlimm ist, wie einen Menschen zu töten?"
„Offenbar..."
„Das ist völlig verrückt."
„Nun ja, es gibt dann ja noch diese vielen Missbrauchsfälle. Also wo die ‚Liebe' gar keine Rücksicht nimmt, sondern sich eben *nimmt*, was sie will."
„Ach, und dann soll es noch Liebe sein?"
„Nein, ist es natürlich nicht. Aber das wird im Denken alles in einen Topf geworfen."
„Wieder verrückt."
„Ja, aber man weiß nie, ob jemand, der liebt, nicht vielleicht auch einmal verrückt spielt. Ich meine, man weiß nie, wer wann anfängt, ein Mädchen zu missbrauchen..."
„Das weiß man nicht?"
„Man kann es vorher nicht sagen. Hinterher ist man immer schlauer. Du weißt ja vielleicht, dass unzählige Missbrauchs-

fälle innerhalb der Familie und Verwandtschaft passieren. Und immer hätte man es ‚nie gedacht'."

„Nein, das wusste ich noch nicht so genau."

„Es gibt unzählige Fälle. Und für deine Eltern bin ich offenbar auch halb ein ‚Kandidat' dafür. Denn lieben tue ich dich ja schon... Das ist schlimm genug."

„Blöd."

„Was ist blöd?"

„Dass man so denkt."

„Ja, aber sieh mal, Lilian – du bist die einzige Ausnahme. Stell dir vor, dir wäre es so unangenehm, dass du es nicht wollen würdest. Dass du dir wünschen würdest, mich nie mehr zu sehen. Verstehst du? Das ist in solchen Fällen dann die *Regel*. Der berühmte ‚Onkel'. Man mag ihn sowieso nicht so – und auf einmal guckt er einen so merkwürdig an. Und dann will er einen heimlich anfassen und so..."

„Aber das tust du doch alles gar nicht!"

„Ja, aber das ist die Regel. Und so setzt es sich in den Köpfen fest. Und so wird es abgelehnt. Generell. Weil das in den Köpfen ist. Und weil man die Kinder schützen will."

„Aber wenn etwas *ganz anders* ist?"

„Dann bleibt es trotzdem in den Köpfen. Es bleibt Ablehnung. Es bleibt und bleibt und bleibt."

„Es bleibt verrückt."

„Aber du bist eine Ausnahme, Lilian. Und ich bin vielleicht auch eine Ausnahme. Aber du bist die allergrößte Ausnahme. *Kein* minderjähriges Mädchen würde es ertragen, wenn der geliebte Opa plötzlich anfangen würde, es zu *lieben* – sie würde es merken, und sie würde schockiert sein, und sie würde die Beziehung abbrechen."

„Aber das *stimmt* doch überhaupt nicht, Opa! Wenn jemand seinen Opa liebt, bricht er doch nicht bloß deshalb die Beziehung ab!"

„Nicht bloß deshalb? Ein Mädchen möchte einen Opa, dem es vertrauen kann. Nicht einen Opa, der sich heimlich nach ihr sehnt. Wie kann sie ihm denn noch vertrauen, wenn sie weiß, dass er sich von ihr *angezogen* fühlt?"

„Vielleicht, weil sie merkt, dass sich nichts geändert hat. Trotz allem nicht."

„Ja, aber dann muss sie schon sehr reif sein – und sehr lieb..."

„Das ist sie ja vielleicht auch..."

„Ach, Lilian..."

„Und der Opa muss natürlich auch sehr lieb sein – und sehr reif..."

Er schüttelte fassungslos den Kopf.

„Du bist wirklich unglaublich, Lilian..."

„Du auch."

Sie gingen eine ganze Weile schweigend. Dann fragte sie leise:

„Opa?"

„Ja?"

„Wenn ich ... also ich meine, wenn ich irgendwann mal einen Jungen lieben würde... Worauf müsste ich dann achten?"

Ihre zarte Frage – sie ließ auf einen Schlag die ganze Wehmut in seine Seele strömen. Er musste sich bemühen, dass seine Stimme nicht belegt klang...

„Worauf ... du achten müsstest...?"

Schwerter durchzogen sein Herz, brannten wie Feuer, als sie es durchschnitten und wieder herausgezogen wurden und an anderer Stelle wieder eindrangen...

„Du müsstest ... du müsstest darauf achten, dass er *dich* so liebt wie du ihn... Du müsstest ... darauf achten, dass er zärtlich ist, unendlich zärtlich... Und du müsstest – du – du müsstest – –"

„Opa, was *ist*?"

Er schluchzte auf, blieb stehen und verbarg sein Gesicht vor ihr mit seinen Händen...

„Opa! Opa..."
Er spürte ihre Hand auf seinem Wintermantel. Er konnte nicht aufhören zu weinen – es schüttelte ihn, eine unsägliche, unsäglich zarte und schmerzliche Gewalt schüttelte ihn, ohne dass er aufhören konnte...
„Opa – bitte! Hör doch bitte auf zu weinen... Bitte verzeih mir, dass ich das gefragt habe! Ich schäme mich so..."
Und all das ließ ihn noch heftiger weinen, schluchzen, besinnungslos...
„Opa! Opa ... ich hab Angst... Was ist denn mit dir..."
Noch immer riss es an ihm – der unendliche Schmerz, die unendliche Liebe zu ihr, *ihre* unendliche Liebe, Unschuld...
„Opa – –!"
Nun weinte auch sie in verzweifelter Hilflosigkeit, in Angst und Sorge...
Und erst dies – ihre eigene Not – gab ihm die Kraft, aufhören zu können. Seine unsägliche Liebe zu ihr ließ ihn *sofort* aufhören, als er ihre Angst und Verzweiflung hörte...

Mit tränenüberströmtem Gesicht sah er sie an und sagte:
„Hab keine *Angst*, Lilian. Du – du – siehst jetzt nur, wie *sehr* ich dich liebe. *Ich* muss mich schämen. Ich ganz allein..."
Nun weinte auch sie weiter.
„Nein, Opa!", sagte sie und umarmte ihn innig. „Du nicht! Du nicht!"
Und sie weinte in seinen Armen, an seinem Hals – und schluchzte:
„Es tut mir so leid, Opa! Du tust mir so leid! So unendlich leid!"
„Nein, Lilian..."
Er konnte nur hilflos ihren Rücken streicheln. Ihren Rücken. Diesen Engel, den er so unsterblich liebte...

Als sie schließlich weitergingen, waren sie begleitet von einer geradezu heiligen Stimmung. Tiefster Schmerz und tiefste

Liebe waren miteinander verbunden. Er dachte an das Lied der beiden Königskinder...

Als sie schließlich wieder bei ihm zu Hause ankamen und sie sich verabschieden musste, fragte sie ihn sehr lieb und sehr zögernd:

„Opa ... ist es jetzt wieder gut?"

Und er antwortete ihr:

„Ich müsste dich belügen, Lilian... Bitte frag dies nicht... Ich ... ich kann alles ertragen, was ich muss. Aber ... aber ich werde dich immer so lieben, wie du es heute erfahren hast. Mach dir keine Vorwürfe, Lilian. Quäle dich nicht damit. Es wird immer mein größtes Glück sein, dich zu sehen... Ich ... ich werde versuchen, es dir nicht zu zeigen... Das Andere meine ich... Das Traurige... Das ist nicht für dich gedacht, Lilian... Und jetzt geh bitte... Ich will nicht, dass du traurig wirst... Ich danke dir für diesen schönen Tag. Winter... Bitte hör nicht auf, den Winter zu lieben, bloß weil du dies heute miterleben musstest... Du *bist* doch ein Wintermädchen... Ich will dir nie etwas wegnehmen..."

„Du nimmst mir nichts weg, Opa! Ich nehme dir etwas weg..."

„Nein – du mir auch nicht..."

„Ich werde nur immer *mehr* an den Winter denken, Opa. Auch wegen heute... Gerade deswegen. Mir tut es so leid. Ich liebe dich doch auch, Opa. Das weißt du doch, ja? Ja, Opa?"

„Ja, Lilian. Ja..."

*

Als sie gegangen war, ließ er noch einmal all seinen Tränen freien Lauf. Wintermädchen... Nun würde sie bald für immer gehen. Für immer. Jede Hoffnung auf sie würde dann zu Ende sein. Die Hoffnung war immer illusorisch. Und doch war sie da... Aber nun würde auch sein Winter kommen...

Und in der Nacht träumte er nach langer Zeit wieder von ihr. Er hatte nie davon geträumt, sie zu küssen oder mit ihr zu schlafen. In Tagträumen war er ihr nahegekommen, einfach weil die Anziehung ihn zu ihr hinzog. Aber das war nie konkret geworden, es war immer reine Anziehung geblieben, nie mehr. Wie oft hatte er ihre schlanken Glieder gesehen, ihren unschuldig sich unter einem leichten Kleid abzeichnenden Körper, seine Konturen – und sein ganzer Leib hatte sich nach ihr gesehnt. Aber das war es geblieben, nie hatte er sich etwas vorgestellt. Er hatte alles immer nur *gesehen* – und es hatte ihn unsäglich berührt, eine unsägliche Sehnsucht ausgelöst, wie eine tiefe Resonanz...

Nun hatte sie in ihrem Traum dieses grüne Kleid an, in dem ihre Brust wie etwas Heiliges sichtbar wurde, sichtbarer als je zuvor. Und sie wandelte in ihrem heiligen Kleid. Und da war ein Junge, der sich näherte – mit unguten Absichten. Und sie drehte sich um, und der Junge wollte sich an ihr vergreifen, wollte frevlerisch ihre Brust entweihen – und er wehrte ihn ab. Und in diesem Moment hatte sie sich vollends umgedreht. Und sie sah, wer sie gerettet hatte. Und ihre Augen füllten sich mit Liebe. Mit derselben Liebe, die auch er fühlte...

An ihrem sechzehnten Geburtstag machte er sich langsam bereit, um zu ihr zu gehen. Er hatte ihr vorher gesagt, dass er an diesem Tag ganz kurz vorbeikommen würde, um ihr ihr Geschenk zu geben. Sie hatte sich gefreut und ihn gefragt, was es sein würde – und er hatte es ihr natürlich nicht gesagt. Er trank den letzten Schluck seines Tees, da klingelte es.

Als er zur Tür ging und öffnete, traute er seinen Augen nicht: Lilian war ihm zuvorgekommen. Und sie trug wieder das Minikleid mit dem schwarzen Oberteil.
„Lilian! Was machst du denn hier?"
„Ich wollte mir mein Geschenk abholen..."
„Aber du weißt doch, dass ich vorbeikommen wollte."
„Ja, aber so finde ich es schöner."
„Hast du Sorge um mich?"
„Nein – ich finde es einfach schöner."
„Gut, dann komm rein..."
Er wartete, bis sie die Schuhe ausgezogen hatte. Dann ging er ihr voraus ins Wohnzimmer.
Dort blieb sie stehen.
„Ach so... Dein Geschenk."
„Opa..."
„Ja?"
„Willst du mir nicht wenigstens gratulieren...?"

Er schämte sich bis in die Fingerspitzen.
„O, Lilian! Ja, natürlich – komm mal her... Du hast mich total verwirrt..."
Sie kam in seine Arme, und er sagte leise:
„Herzlichen Glückwunsch, lieber Engel. Herzlichen Glückwunsch zu deinem sechzehnten Geburtstag..."
Dann ließ er sie schnell wieder los, schon diese Umarmung verwirrte seine Sinne – sie hatte so wenig an, sie war so zart, er fühlte so sehr alles an ihr. Sogar ihre Brust hatte er so

deutlich gefühlt wie nie zuvor... Sein Herz schlug heftig von ihrer Anziehung.

„Ich hole dein Geschenk, Lilian. Bitte warte kurz..."
Er ging in die Küche, wo er es vorhin erst eingepackt hatte. Dann gab er es ihr.

„Bitte, Lilian."

„Darf ich es hier aufmachen?"

„Natürlich..."

„Darf ich in meinem Sessel sitzen?"

„Aber ja doch..."

Wie sie das sagte: in ‚meinem Sessel'. So unschuldig, sich so zu Hause bei ihm fühlend. Seine Sehnsucht wurde immer stärker.

Und dann setzte sie sich und winkelte ihre Beine wieder an, aber diesmal hatte sie keine Jeans, nur einen kurzen Rock, und er bedeckte nur ihre halben Oberschenkel. Es war nicht mehr nur bezaubernd – es war nicht auszuhalten. Aber er hielt es aus. Auch ihren freien Bauchansatz, ihre freien Arme, das ganze wunderschöne Schwarz, ihre noch viel wunderschönere Haut und ihre unschuldig zarte Freude beim Auspacken. All das hielt er aus, während alles in ihm ihn zu ihr hinzog und er dennoch sitzenblieb und nur in seinem Herzen wieder die Schwerter wüteten...

Und dann hielt sie sie in der Hand – eine schlichte gusseiserne Laterne, in die man ein Windlicht stellen konnte, so wie jetzt eines darin war.

„Was ist *das*, Opa?"

„Eine Laterne. Wie man sie früher hatte..."

„Einfach so?"

„Gefällt sie dir?"

„Ja, ich finde sie wunderschön."

„Nicht einfach so, Lilian. Ich dachte mir: Möge sie dir ein Licht sein. Ein Zeichen – dass du immer ein Licht haben sollst. Ein Licht auf deinem Weg. Auf *deinem* Weg. Dass du ihn nie verlierst, deinen Weg. Licht, Lilian. Dass du nie im Dunkeln gehen musst. Dass du nie deine Hoffnung verlierst. Nie deine Unschuld. Wenn du das *Licht* bei dir hast, dann wird auch dein inneres Licht nie verlöschen. Das alles möchte ich dir *eigentlich* damit schenken..."

In ihren großen Augen standen die Tränen.

„Ist das *wahr*?"

„Ja, Lilian."

Sie stand auf und kam zu ihm und umarmte ihn innig.

„Danke! Ich kann gar nicht sagen, wie glücklich ich bin, dass ich dich habe, Opa... Dass ich dich immer hatte – und immer haben werde, nicht wahr?"

„Ja, Lilian..."

Sie setzte sich wieder auf den Sessel, und erneut war sie die reine Verführung, zarteste Anziehung.

„Ein Licht... Hoffnung. Ja – ich werde immer Hoffnung haben, weil *du* sie mir gegeben hast. Nur du, Opa. Ich habe dir die Seele gegeben. Und du hast mir die Hoffnung gegeben. Wir haben uns beide etwas gegeben. Etwas unendlich Wertvolles. Die Seele kann Hoffnung haben, aber dazu braucht sie manchmal einen Opa, der sie ihr *gibt*..."

„Danke, Lilian", sagte er mit einer wirklich unendlichen Dankbarkeit über ihre so unsagbar lieben Worte. „Danke, dass du es so siehst..."

„Ich sehe es nicht so, es ist so, Opa. Ich habe nachgedacht über meine ganze Kindheit. Ich weiß gar nicht, wo das alles hergekommen wäre. Die Hoffnung, meine ich. Ich hätte gar keine Hoffnung gehabt – ohne dich. Auch keinen Mut. Ich hätte *so* unendlich vieles nicht gewusst... Ich wäre nicht ich, Opa. Ich wäre nicht die Lilian, die du liebst, wenn *du* nicht gewesen wärst. Du hast mich aus mir gemacht..."

Erschüttert antwortete er:

„Nein, Lilian... Das warst du selbst. Ich habe dir nur geholfen, das zu entdecken. Ich habe dir geholfen, dich zu entdecken und dir treu zu bleiben, treu zu werden... Das ist alles..."
„Nein, Opa. Normalerweise hast du immer Recht. Immer. Aber diesmal weiß ich es besser. Ich habe nicht nur mich entdeckt. Du hast mir geholfen, ich zu *werden*. Ohne dich wäre ich *nicht* Lilian geworden. Glaub mir..."
„Vielleicht meinen wir einfach das Gleiche, Lilian."
„Nein – du nimmst dich immer viel zu sehr zurück. Du sagst immer ‚vielleicht' und ‚ein bisschen'. Dabei hast du fast alles gemacht! So viel... Du hast mir meinen Weg gebahnt. Du hast immer zu mir gehalten. Du hast an mich geglaubt. Du hast nie gezweifelt. Du warst nie böse, nie ärgerlich, nie enttäuscht." Sie wischte sich zwei Tränen aus den Augen. „Du hast dein ganzes Leben mit mir verbracht – so alt, wie ich bin. Sechzehn Jahre... Du hast mir die Natur *gezeigt*. Auch sie kenne ich nur durch dich. Du hast mit mir gelacht, mit mir geweint. Du hast mich getröstet. Du hast mich getragen. Du hast mit mir gebadet, in allen Seen, die ich kenne. Du bist mit mir über den See geschwommen. Du bist mit mir überallhin gegangen. *Du* hast mich ins Leben geführt, Opa..."

Seine Augen schwammen in Tränen.
„Mein Gott, Lilian – wie bist du reif...! Und wie kannst du das alles so sehen, ich meine – als ob nur ich – –"
„Weil du der beste Mensch bist, den ich kenne. Der wunderbare *einzige* Mensch, der so *gut* zu mir war..."
„Aber –"
„Nein, kein ‚Aber', Opa. Jetzt, heute, ist mein Geburtstag. Und heute darf ich mir alles wünschen. Und heute darfst du kein ‚Aber' sagen. Versprichst du mir das?"
„Ja, a-also ... also gut... Auch wenn es schwer ist."
„Es wird schwer sein, aber du *musst* es versprechen."
„Gut, Lilian, ich tue es – weil du es möchtest..."
„Tust du immer alles, was ich möchte?"

„Ja. Ich habe dir immer vertraut, Lilian. Und ich wollte immer alles tun, was du möchtest."

„Du bist der wunderbare einzige Mensch, der so *gut* zu mir war, Opa."

„Warum sagst du das noch einmal?"

„Weil ich es betonen möchte."

„Ja, aber das reicht jetzt..."

„Du hast ‚aber' gesagt – das darfst du nicht. Nicht heute..."

„Entschuldige bitte..."

„Versprich es mir noch einmal."

„Ich verspreche es."

„Was auch kommen mag."

„Was auch kommen mag."

„Und auch kein verstecktes Aber. Überhaupt kein Aber."

„A-also ich meine ... was hast du vor?"

„Ich möchte nur ein wenig meinen Geburtstag mit dir verbringen."

„Ich dachte, du kommst nur kurz vorbei, um dein Geschenk abzuholen?"

„Nein, ich kann etwas länger bleiben."

„A– ähm, kommen deine Freundinnen denn heute gar nicht?"

„Nein. Sie kommen morgen."

„Wieso das?"

„Weil ich sie morgen eingeladen habe."

„Warum?"

„Es sollte eine Überraschung für dich sein."

„Was für eine Überraschung?"

„Dass ich dich heute besuchen komme."

„Und warum?"

„Muss ich dir dieses Wort auch noch verbieten?"

„Lilian – was hast du vor?"

„Nichts, Opa, ich will einfach ein bisschen Zeit mit dir verbringen."

„Also gut... Das finde ich ja unendlich schön, Lilian..."

„Ja, ich auch. Aber jetzt möchte ich dich fragen: Weißt du noch dein heiliges Versprechen?"

„Ja – kein Aber..."

„Weißt du noch das andere heilige Versprechen, was du mir einmal gesagt hast?"

„Ja, dass ich dich niemals dumm finden werde."

„Und bei was hast du geschworen?"

„Bei meinem Leben."

„Kannst du das jetzt bitte auch?"

„Aber man braucht etwas nur einmal schwören – es gilt dann für immer!"

„Ich meine das Zweite. Kein Aber – auch kein verstecktes. Du musst mit allem einverstanden sein. Von vornherein. Ganz und gar..."

„A–, wie soll ich das machen, Lilian? Ich weiß doch gar nicht, was kommt."

„Du musst es, Opa. Ich wünsche es mir. Ich werde nur einmal sechzehn."

„Manches kann ich nicht, Lilian, das weißt du doch."

„Es geht nicht um das, was du nicht kannst. Ja, das weiß ich, Opa. Ich würde nie etwas von dir fordern, was du nicht kannst. Ich fordere gar nichts. Im Gegenteil. Aber ich möchte nur, dass du keinen Einwand hast, sondern einverstanden bist. Kannst du mir das bitte versprechen, Opa? *Bitte...*"

„Muss ich Angst haben? Na gut, du hast schon darum gebeten, ich kann nichts mehr einwenden, wenn du bittest, Lilian. Du wirst wissen, was du tust..."

„Ja, ich weiß es."

„Gut, ich schwöre, Lilian. Ich schwöre, dass ich alles versuche, um keine Einwände zu haben."

„Nein, du schwörst, dass du keine Einwände hast. Das schwörst du mit einem heiligen Schwur."

„O, Gott, Lilian – du machst es aber spannend. Ich kann dir also nur blind vertrauen. Mit dem größten Vertrauen, das ich je hatte – weißt du das?"

„Ist es so schwer, Opa? Es ist nichts Schlimmes..."

„Gut, Lilian. Nein, dann ist es nicht schwer. Ich liebe dich doch. Und ich weiß, dass du mich liebst. Und ich vertraue dir. Also gut – ich erfülle deine Bitte. Ich schwöre mit einem heiligen Schwur, dass ich keine Einwände haben werde und mit allem einverstanden sein werde. Von vornherein. Ganz und gar. Ich gebe mein Leben in deine Hand, Lilian..."

„Und ich gebe mein Leben in deine Hand, Opa..."

„Was meinst du?"

„Ich habe dir auch ein kleines Geschenk mitgebracht."

„Mir? Ein Geschenk? An deinem Geburtstag?"

„Ja."

„Und welches?"

„Aber du weißt, wie das mit dem Auspacken ist. Man sollte ein Geschenk vorsichtig auspacken, nicht wahr? Und manche Geschenke sollte man sehr vorsichtig auspacken. Vielleicht sogar zärtlich..."

„Was meinst du, Lilian. Was für ein Geschenk?"

„Es sitzt vor dir..."

Ein Engelsflügel durchrauschte den Raum und hinterließ eine heilige Besinnungslosigkeit. Gold und Heiligkeit durchfluteten den Raum...

„Was ... meinst du...", flüsterte er stockend.

„Es sitzt vor dir, Opa... *Ich* bin das Geschenk..."

„Aber wie – –"

Ihre reinen Augen sahen ihn an – und aus ihnen blickte ein Engel.

„Einmal, Opa – einmal möchte ich mich dir schenken. Heute... Heute an meinem Geburtstag. Und du darfst es nicht ablehnen. Du musst es annehmen. Du hast es mit deinem *Leben*

geschworen. Ich bin das Geschenk, Opa. Es ist für dich...
Nimm es... Nimm es bitte..."

„Lilian – – Du ... du wirst mich hinterher –"

„Nein, ich werde gar nichts hinterher. Bitte brich deinen
Schwur nicht, Opa. Achte ihn – halte ihn heilig. Du hast geschworen, dass du ganz und gar einverstanden sein wirst. Bitte brich ihn nicht."

Er konnte es nicht fassen. Jetzt erst, nach einem so langen
Leben, wusste er, was das hieß: Etwas nicht fassen zu können. Er konnte nicht fassen, was hier geschah. Er konnte es
nur hinnehmen – er *musste*, er durfte es nicht einmal ablehnen...
Alles in ihm wollte sich weigern – um sie nicht zu verletzen. Aber sie wünschte es sich – und alles in ihm wünschte
es sich auch. Ein Geschenk durfte man nicht ablehnen. In
diesem Moment wusste er auch erst wahrhaft, was *heilig* ist.
Und auch dies konnte er nicht fassen – es war alles viel zu
groß, *alles* war viel zu groß...

„Und, Lilian...", stammelte er, „was ... was *darf* ich jetzt?"
„Du darfst *alles*, Opa. Es ist dein Geschenk, was hier sitzt.
Geh mit ihm zärtlich um..."
„Aber ... aber sagt es mir auch, wenn ich etwas falsch mache..."
„Dieses ‚Aber' lasse ich gelten, Opa. Ja, das würde es dir
sagen... Aber nun packe es auch vorsichtig aus... Wollen wir
in dein Schlafzimmer gehen, Opa...? Bis dahin kann dein Geschenk noch laufen... Komm..."

Und er folgte dem Engel Gottes – und seine Seele schwor
sich in einem abgrundtief heiligen Schwur, nichts zu tun, was
diesem Engel Gottes wehtun würde...